A ESTRADA DE ETHAN

WAGNER RISSO

A ESTRADA DE ETHAN

Labrador

© Wagner Risso, 2024
Todos os direitos desta edição reservados à Editora Labrador.

Coordenação editorial Pamela J. Oliveira
Assistência editorial Leticia Oliveira, Vanessa Nagayoshi
Direção de arte Amanda Chagas
Projeto gráfico Marina Fodra
Diagramação Emily Macedo
Capa Heloísa D'Auria
Preparação de texto Lígia Alves
Revisão Andressa Vidal

Dados Internacionais de Catalogação na Publicação (CIP)
Jéssica de Oliveira Molinari - CRB-8/9852

Risso, Wagner
  A estrada de Ethan / Wagner Risso.
  São Paulo : Labrador, 2024.
  272 p.

  ISBN 978-65-5625-678-8

  1. Ficção brasileira I. Título

24-3786   CDD B869.3

Índice para catálogo sistemático:
1. Ficção brasileira

Labrador

Diretor-geral Daniel Pinsky
Rua Dr. José Elias, 520, sala 1
Alto da Lapa | 05083-030 | São Paulo | SP
editoralabrador.com.br | (11) 3641-7446
contato@editoralabrador.com.br

A reprodução de qualquer parte desta obra é ilegal e configura uma apropriação indevida dos direitos intelectuais e patrimoniais do autor. A editora não é responsável pelo conteúdo deste livro.

Esta é uma obra de ficção. Qualquer semelhança com nomes, pessoas, fatos ou situações da vida real será mera coincidência.

INTRODUÇÃO

Em busca de construir sua vida, um jovem se muda do interior do Texas para Nova York. Uma das primeiras coisas que pensa em fazer é procurar um emprego para sustentar seus sonhos na Big Apple, e ele encontra uma oportunidade inesperada em uma cafeteria na rua 96. Entre as aulas na universidade, novas amizades e livros, Ethan Keynes embarca em uma jornada que o leva das mesas da cafeteria para os corredores de um grande fundo de investimentos.

Depois que conquista o emprego que promete mudar sua vida, Ethan dedica todo o seu tempo ao trabalho, deixando para trás a insegurança financeira e alcançando a estabilidade que tanto almejava desde que chegou à cidade. No entanto, à medida que ascende na Odlen Capital, a empresa que lhe ofereceu sua grande oportunidade, ele se depara com desafios que testam não apenas sua habilidade no mundo profissional, mas também seus valores.

Enquanto a trama se desenrola sutilmente, Ethan não apenas descobre os meandros do mercado financeiro como explora lugares incríveis, principalmente depois de conhecer Bella Pagani, a linda jovem que muda sua maneira de enxergar a vida. A narrativa parte de um breve período em uma fazenda do interior do Texas e se entrelaça com a atmosfera única de Nova York, das pequenas e famosas livrarias, passando pelos cafés pitorescos até os arranha-céus imponentes. Uma história que captura a essência da cidade que nunca dorme de uma maneira que transportará você direto para as ruas e os parques de Manhattan.

Em uma narrativa cativante, *A estrada de Ethan* mergulha no universo dinâmico de um jovem do interior em busca de encontrar seu verdadeiro propósito em uma das cidades mais vibrantes do mundo. A história destaca a resiliência, a amizade e as escolhas que moldam o destino. Este livro, de leitura envolvente e inspiradora, fará você se apaixonar ainda mais por Nova York e repensar sua própria estrada.

PRÓLOGO

O ponto de partida dessa viagem fica em Brownwood, uma cidade onde as pessoas são calorosas e amigáveis. No interior do estado do Texas, esse é um lugar onde o tempo parece se arrastar lentamente e onde há mais picapes do que pessoas. É lá que o jovem Ethan morava com seus pais, Martha e Adam Keynes.

Martha era uma mulher de estatura delicada, com cabelos castanhos que dançavam nos ombros, enquanto Adam se destacava pela estatura imponente, cabelos grisalhos e as sobrancelhas marcantes que arqueavam sobre olhos penetrantes. Ele nunca saía de casa sem seu canivete da sorte e seu fiel chapéu, uma espécie de extensão de sua própria identidade.

Adam era um veterano de guerra que se casara com Martha assim que retornou do Vietnã. Depois de se desentender com seu pai, Robert, abrira um restaurante em Brownwood.

Ethan, quando não estava estudando, passava seu tempo na fazenda do avô, Robert, que todos conheciam como Bob. Viúvo, Bob era um pecuarista na cidadezinha de Goldthwaite. O jovem gostava da fazenda, mas dentro de si nutria o desejo de sair em busca de um novo mundo, aprender coisas novas e encontrar um sentido em sua vida. E foi o que aconteceu.

Uma tarde, ao retornar da casa de seu avô, Ethan verificou a correspondência e notou que recebera a carta, aquela que esperava havia tanto tempo. Tratava-se da resposta à sua candidatura para estudar em Nova York. Ele se sentou na escada de casa e abriu o envelope um pouco desesperançoso, pois fora rejeitado por todas as outras universidades às quais se candidatara. Depois de ler a resposta, Ethan levantou a cabeça e olhou para os lados, buscando traços de realidade para ter certeza de que não estava sonhando. Ele queria se convencer de que o que acabara de ler não era um engano ou um devaneio momentâneo.

PARTE 1

CAPÍTULO I

*Não somos nós que passamos pela
estrada; é ela que passa por nós.*

Essa era a reflexão que ecoava na mente de Ethan enquanto ele olhava para o horizonte, com a cabeça recostada na janela do ônibus que o levava a Nova York, alguns meses atrás. Nas primeiras semanas na cidade, ele acordava no meio da madrugada atormentado pelo mesmo sonho recorrente, revivendo sua jornada de ônibus até a cidade que nunca dorme. Embora esses sonhos tivessem cessado nas últimas semanas, naquela manhã algo parecia diferente.

...

O sol nasceu com um brilho intenso sobre as vidraças dos prédios da grandiosa metrópole, e, ao fundo, sons de sirenes e buzinas anunciavam mais um dia. Para Ethan, que veio de um lugar calmo, aquilo parecia uma espécie de looping infinito, tudo parecia exatamente igual a cada manhã — sons de sirenes, carros, vozes misturadas vindas de todas as direções e até a beleza das coisas em sua volta, embriagando-o com tanta diversidade.

No início, era como se esse excesso de estímulos ao seu redor fechasse seus olhos, cegando-o e deixando-o tonto a ponto de olhar para as coisas sem realmente vê-las. Ele imaginava que devia ser seu cérebro que ainda não estava acostumado com tudo isso. A cidade o fazia transbordar por inteiro a cada dia, algo cansativo, e prazeroso de certa maneira. Foram assim as primeiras semanas de Ethan Keynes em Nova York.

Levou algumas semanas para se adaptar ao ritmo frenético. Ele observava as pessoas ao seu redor, que sempre aparentavam estar em constante pressa, como se estivessem atrasadas para um encontro, e certamente algumas estavam, todas em forte contraste com seu antigo universo. À medida que o tempo foi passando, ele compreendeu que suas percepções estavam corretas, principalmente quando ele próprio se viu envolvido na rotina acelerada, correndo para suas aulas na universidade e apressando-se para pegar o metrô pela manhã.

Ele entendia agora que o ambiente era como se fosse um maestro regendo a orquestra, e grande parte do ritmo ditado na vida se determinava pela geografia, mas principalmente pela energia residual das pessoas que faziam o lugar, ou melhor, que construíram suas vidas sobre aquele chão.

Nova York carregava havia muitos anos uma palavra que resumia a cidade para Ethan, tanto no passado quanto no presente e no futuro: o verbo "edificar", que significa nada mais que erguer ou elevar uma construção de acordo com uma estrutura preestabelecida e com o auxílio dos materiais necessários. Essa cidade tinha esses materiais no seu ar por todos os lados. Os anos passavam e isso nunca mudava; ali as pessoas continuam edificando — novos prédios, arranha-céus imponentes e a maior construção de qualquer cidade: a vida das pessoas. Em cada canto era possível sentir essa energia de sonhos edificantes.

Ethan sentiu, e sabia que não seria diferente com ele, pois havia ido para lá para construir e também para deixar sua energia residual, para se somar com as demais pessoas. Ele sempre soubera que um dia conseguiria chegar ali; ele imaginara esse dia, e tinha perseguido isso desde que se conhecia por gente, naquele pequeno quarto no interior de Brownwood.

Após alguns meses, ele passou a se sentir melhor em relação ao ritmo que a cidade lhe impusera, o que fez dele mais leve para, agora sim, conseguir olhar e ver, admirar o que tinha ao redor sem ser sufocado pela ansiedade ou por algo parecido com medo.

Suas aulas eram boas, ele gostava dos professores e tivera a oportunidade de conversar com alguns colegas, inclusive uns que eram do Texas também. Mas ainda era cedo para se sentir confiante a ponto de afirmar que fizera amigos em sua nova cidade, porque ele não sentia muita abertura nas novas pessoas que conhecia, desvestindo suas armaduras intelectuais e expondo suas vidas verdadeiras.

Até que, certo dia, na mesa da biblioteca, ele conheceu pessoas com quem estabeleceu uma conexão especial já nos primeiros minutos de contato: Jason Horvat e a auspiciosa jovem Margot Mortensen.

Jason, um estudante de computação, era um jovem alto de cabelos loiros. Sua figura magra e desengonçada refletia levemente uma aparência que alguns chamariam de nerd, mas, ao contrário do que aparentava, ele era uma pessoa bem sociável, aventureira e extrovertida. Ele tinha um jeito peculiar de andar e um sotaque estranho, mas sua personalidade era cativante, seu olhar era meigo e muito receptivo a todos.

Margot, por sua vez, era uma jovem inteligente, de estatura baixa, magra, com lindos olhos azuis e cabelos pretos que caíam sobre os ombros. Descendente de franceses, ela irradiava charme e tinha um sorriso encantador. Filha única, mudara-se recentemente de onde vivia com a mãe, em São Francisco, para fazer o mesmo curso que Ethan; eram colegas em algumas disciplinas. Assim como ele e Jason, Margot enfrentara os desafios de se adaptar à cidade, o que ajudou a fortalecer o vínculo entre os três estudantes, de certa maneira.

Após as aulas, eles costumavam marcar encontros na velha biblioteca pública, localizada a poucos quarteirões da residência de Ethan, a mesma onde se viram pela primeira vez; e terminavam o dia em uma elegante cafeteria na rua East 96. Ali, aproveitavam para estudar juntos, compartilhar algumas de suas histórias pessoais engraçadas e às vezes até tirar um cochilo.

A vida em Nova York não estava sendo nada tranquila, nem perto do que ele pensara que seria. Ele se viu imerso em uma rotina intensa de estudos, principalmente na temida econometria, algo que ele não imaginava ser tão complicado, mas que estava gostando. E, com isso, então, o tempo parecia fugir entre páginas de livros, anotações e aulas, deixando-lhe pouca oportunidade para explorar além dos limites de seu bairro ou de sua rota convencional até a parte baixa de Manhattan, onde ele adorava caminhar após as aulas.

Entretanto, à medida que o ano se desdobrava, Ethan começou a desenvolver uma rotina mais ajustada durante a semana e assim conseguia conhecer melhor a cidade. Ele reservava horas para se aventurar pelas ruas movimentadas de Nova York.

Em uma tarde, o clima estava um pouco chuvoso, mesmo assim ele saiu, já que conseguira algum tempo livre. Quando deixou a universidade, seguiu para o Edifício Chrysler e depois caminhou até o Grand Central Terminal, onde permaneceu por algumas horas escutando todo o barulho e observando as pessoas andarem com pressa nas mais diversas direções, quase todas com os celulares nas mãos.

Em outro dia, ensolarado, finalmente encontrou um momento para visitar o zoológico, que era onde ele queria ir desde que chegara à cidade, e lá teve a oportunidade de conhecer animais exóticos, alguns que nunca vira na vida. Ele levou sua máquina fotográfica e fez questão de registrar alguns animais, principalmente os pinguins, os macacos, as focas e um leopardo da neve.

Além disso, Ethan dedicava algumas tardes a explorar museus icônicos que eram marcos na cidade. Perdeu-se caminhando nos corredores do Museu Metropolitano, viu obras de arte de valor inestimável contando incríveis histórias de épocas passadas, coisas que só conhecera em livros e revistas. Também visitou o Museu de História Natural, maravilhando-se com os esqueletos dos dinossauros que pareciam saltar à sua frente, sentiu-se uma criança lá dentro; do que ele mais gostou, porém, foi da enorme estátua de Theodore Roosevelt na entrada, o que foi engraçado, porque ela não fazia parte da coleção do museu.

Contudo, era nas cafeterias — não apenas a Starbucks, mas também nas pequenas, escondidas pelos bairros da cidade — que ele encontrava refúgio. Entre xícaras de espressos, macchiatos e cappuccinos, Ethan absorvia as conversas ao redor, os diferentes sotaques e nacionalidades e muitas histórias de vida. Ficava fascinado; aquilo parecia um pequena sala onde cabia o mundo. Assim, em cada xícara, ele descobria a riqueza cultural que continha em Nova York.

Morar em uma grande metrópole como essa é uma experiência transformadora para qualquer pessoa. A cada esquina surgiam novas possibilidades de entretenimento para Ethan, belos cafés, restaurantes de culinária exótica e livrarias repletas de páginas esperando para serem descobertas.

Apesar de estar feliz com a mudança, porém, nem tudo era fácil. Seus pais economizaram muito para pagar a faculdade dele, mas os custos foram orçados de maneira subestimada, porque as contas não batiam muito com a realidade. Ele morava em um apartamento bom, do qual já pagara o valor do ano, mas restavam as demais despesas. Agora seu dinheiro estava cada vez mais escasso devido também a gastos com alguns materiais acadêmicos que precisara comprar, e principalmente porque contava com um dinheiro que os pais iriam enviar para ele, o que não aconteceu: um imprevisto no restaurante os obrigara a usar a reserva para pagar fornecedores e outras pendências que o estabelecimento tinha com os bancos.

Ciente das dificuldades, Ethan entendeu que era o momento de economizar o pouco que tinha e aumentar sua renda; isso já estava nos seus planos desde que saíra de Brownwood. Ele decidiu resolver as coisas do seu próprio jeito, como seu pai havia lhe ensinado. Começou então a busca por um emprego de meio período ou algum estágio na universidade, algo para cobrir os custos diários.

Mal sabia ele que essa necessidade o levaria a novos caminhos que jamais poderia imaginar e que isso mudaria sua vida em pouco tempo. Algo com poucas chances de ocorrer em outra cidade qualquer.

No sábado, após terminar de tomar seu café da manhã com deliciosas panquecas e ler por alguns minutos, Ethan decidiu que seria ótimo sair para relaxar e, quem sabe, se exercitar ao ar livre um pouco, se as dores nas costas permitissem. Ele então tentou se alongar em casa antes de sair, mas sentiu um pequeno desconforto na lombar; optou então por não correr e apenas caminhar.

Desceu do prédio e foi até o parque em frente. Atravessou a rua e já avistou o lago, pegou o caminho da esquerda e seguiu descendo em direção à parte baixa do Central Park, admirando a paisagem repleta de árvores e a vista de alguns prédios da cidade por cima de suas copas.

Depois de uma boa distância percorrida, Ethan parou um pouco para apreciar um esquilo à beira da pista. Ele também viu, perto dali, famílias passeando com seus filhos, pessoas andando de bicicleta e outras caminhando com seus cachorros, inclusive brincou com um beagle que acompanhava uma linda garotinha e sua mãe. As duas estavam jogando uma bolinha para ele; a bola correu até os pés de Ethan, que a pegou, atraindo o cachorro e, logo em seguida, a garotinha. O nome dela era Antonella e tinha sete anos. Ela contou que seu cãozinho tinha dois anos. Sua idade e a do cão foram reveladas mostrando os dedinhos de suas mãos e um sorriso tímido, enquanto a mãe, um pouco mais atrás, conversava ao telefone e vigiava a filha.

Após uma conversa interessante com a garotinha, ele se sentou em um banco um pouco mais à frente e observou outras pessoas passando, aproveitando a atmosfera tranquila e serena do parque. Percebeu que ali era um lugar onde as pessoas podiam se conectar com a natureza, com animais e com outras pessoas e assim esquecer, mesmo que por um momento, o ritmo acelerado de Nova York. Agora ele entendia por que havia tantos parques espalhados pela cidade; não se tratava de estética pura e simplesmente, e sim de uma necessidade de quem vivia ali.

Para Ethan, tudo aquilo era como se fosse um grande livro com incontáveis páginas, cheias de histórias e de personagens para conhecer. E ele estava determinado a tentar ler cada uma dessas páginas e a mergulhar fundo nessa nova aventura. Por mais que a mudança para uma grande cidade tivesse sido um pouco assustadora no começo, ele se sentia empolgado por ter a oportunidade de viver em um lugar tão cheio de histórias e também escrever a sua.

Em outro dia, decidiu continuar caminhando, só que agora pelas ruas do Upper East Side, em direção à Times Square. Ele ia explorando as calçadas, contornando barras de andaimes, desviando das pessoas, de turistas fazendo selfies e de falsos monges pedindo dinheiro. Ethan também estava procurando um lugar onde pudesse trabalhar, meio período, de preferência. Caminhou sem pressa, para melhor observar as coisas, e conversou com alguns comerciantes locais, mas nada. Então, já muito cansado e ficando tarde, desistiu de procurar e pensou em voltar para casa. Não havia mais expectativa de encontrar alguma oportunidade, e os cartazes que vira eram para empregos em tempo integral, o que no momento seria impossível por causa de suas aulas.

A alternativa era procurar em outro bairro, mas isso ele poderia fazer usando o computador; não haveria a necessidade de caminhar pelas ruas. Então, dessa vez, optou por conhecer a região onde residia.

Já retornando, ele subiu a Madison. Mais à frente, comprou um jornal para levar para casa, quem sabe podia encontrar alguma coisa nele. Decidiu dobrar na próxima esquina para continuar subindo pela Quinta Avenida, que daria em frente ao seu apartamento. Lembrou que a cafeteria ficava no caminho, bem ali na rua 96, e pensou em parar, pois estava faminto. Quando a avistou, com as pernas cansadas e o jornal nas mãos, viu que o gerente estava parado na calçada, parecia estar consertando algo. Ethan se aproximou e percebeu que o homem estava colando na vidraça um pequeno cartaz de anúncio de vaga de emprego: precisavam de um garçom que trabalhasse no período da tarde até o fechamento.

Com o coração batendo forte, Ethan entrou no estabelecimento e se dirigiu ao balcão, onde o gerente estava arrumando algumas xícaras. Ele cumprimentou o homem, que parecia meio ranzinza, e perguntou sobre a vaga. O gerente, um velho com um bigode branco de uma inteligência visivelmente acima da média a julgar pela maneira como cuidava do lugar, tinha boa memória, pois o reconheceu.

— Você é um dos jovens que vêm aqui durante a semana? Que fica ocupando as mesas?

Um pouco espantado diante da pergunta, ele pensou: *E agora? Estou ferrado, já perdi essa vaga!* Envergonhado, confirmou, assentindo lentamente, com um pequeno sorriso e exibindo um olhar de tristeza ao mesmo tempo — com certeza sua chance de arrumar o emprego tinha ido para o espaço. Enquanto isso, passando a mão pela longa barba, Jack, o gerente, olhou para o teto e depois voltou a olhar para Ethan.

— Já tem algum tipo de experiência?

— Sim, já trabalhei no restaurante da minha família, no Texas.

Foi então que o velho Jack levou a mão ao bigode e pousou em Ethan um olhar intimidador. Ao poucos foi soltando o ar dos pulmões e, depois de uma breve pausa silenciosa, disse:

— Tudo bem, vamos fazer um teste! — O velho falou isso com as mãos apoiadas na cintura e um olhar de desconfiança que escaneava Ethan dos pés até a cabeça com um ar de julgamento. — Você pode começar na segunda, terá uma semana para me provar que serve para a vaga. Terá apenas uma chance.

Ele mal podia acreditar que tinha conseguido o emprego, e ainda em um dos lugares que mais frequentava. Naquele momento, a felicidade irradiava no coração do jovem.

Ansioso para começar logo, foi para casa e não conseguiu dormir, tamanha a euforia provocada pela notícia. Conseguiu pegar no sono já de madrugada, mas às 6h37 do domingo ligou para sua mãe para contar a boa notícia. Acabou acordando os pais, porque em sua cidade natal era duas horas mais cedo que em Nova York — em êxtase, ele nem se lembrou da existência do fuso horário.

Passou a tarde fazendo algumas leituras, jantou, tomou banho e preparou suas coisas para iniciar sua segunda-feira mais importante das últimas semanas.

No dia seguinte, como sempre fazia ao sair de casa, foi até a estação de metrô mais próxima. Dali, o trajeto era curto e rápido até a universidade. Após a aula, encontrou-se com Margot e Jason, a quem contou a novidade sobre o novo emprego. Eles ficaram felizes por Ethan. Jason perguntou a ele, de brincadeira, se poderia tomar café sem pagar. Ethan balançou a cabeça. As horas passaram e ele se apresentou para seu primeiro turno. Jack o aguardava de braços cruzados e com um olhar intimidador.

Ele apresentou Ethan para Rose, Melissa e Scott, os principais funcionários do lugar. Melissa Harper era quem comandava a cozinha da cafeteria. Nascida em Boston, tinha morado com uma tia que era professora de piano no Brooklyn até pouco tempo antes; agora estava vivendo em Tribeca. Ela, que sempre sonhara ser chef de cozinha e ter seu próprio restaurante, juntava dinheiro para custear seus projetos.

Já a tagarela Rose Martinez era imigrante mexicana, mãe solo de uma menina de onze anos, que no momento morava com a avó em San Diego. Ex-empregada doméstica, trabalhava como garçonete havia sete anos e era a melhor da cidade, pelo menos foi assim que o velho Jack a apresentou.

Scott Lucchese, "o italiano", era um jovem barista habilidoso que só usava camisa xadrez em qualquer ocasião, não importava o lugar ou clima.

Em seu primeiro dia, Ethan passou um pouco por cada setor para entender o processo do local e depois assumiu sua função. E assim seguiu o dia, cheio de novidades e aprendizados. No fim do expediente, ele já sabia o cardápio de cor.

— Amanhã nos vemos no mesmo horário. Até que você leva jeito, rapaz.

Com o novo emprego, as tensões financeiras ficaram para trás. Agora sua vida começava a tomar um caminho mais estável, o que ele desejava desde que chegara à cidade.

Chegou então o dia de seu aniversário. Ele não esperava comemorá-lo até pouco tempo antes, mas mudara de ideia, convencido pelo poder persuasivo de Margot. Ethan decidiu celebrar a data com seus amigos em uma churrascaria, pois não havia conhecido nenhuma na nova cidade. Assim, esse dia especial foi passado saboreando um T-bone assado ao ponto.

O inverno nova-iorquino chegou e uma frente fria se aproximava. A rotina ainda era a mesma, de casa para a universidade, da universidade para o trabalho, do trabalho para casa. Com a temperatura caindo muito rápido, ele percebeu que precisava comprar algumas roupas para enfrentar o inverno, então convidou Jason para o acompanhar até uma loja.

Os dois se dirigiram a um grande outlet localizado na Broadway. Jason ficou deslumbrado com a variedade de produtos disponíveis no lugar. Realmente havia muita coisa, mas Ethan entrara focado em adquirir os itens que já buscava, nada além do que precisava; ele era assim, gostava de planejar tudo, hábito que adquirira trabalhando no restaurante de seus pais, onde era o responsável pelo estoque e pelas compras. Os dois amigos subiram até o segundo andar, Jason comprou uma jaqueta preta com detalhes vermelhos e Ethan uma jaqueta branca com detalhes azuis, um par de luvas e uma touca, que ele nunca pensara que um dia usaria.

A cidade recebeu a neve naquele mês, o que fez o Central Park mudar do verde para o branco em poucas horas. O Natal se aproximava e Martha, mãe de Ethan, veio lhe fazer uma visita. Ela trouxe para ele um lindo suéter que havia tricotado, além de uma torta de maçã.

Adam ficou em Goldthwaite para passar o Natal com Bob, seu velho pai, que mandou um belo presente para Ethan: uma velha máquina de escrever que pertencera a sua avó Elizabeth; ela adorava escrever poemas e cartas para Bob quando iniciaram o romance que resultaria no nascimento de Adam. A pequena máquina era uma relíquia de família, antes pertencente ao tio-avô de Ethan, que morrera na Primeira Guerra Mundial.

Ele e Martha andaram pelas ruas enfeitadas, caminharam pelo bairro e ele a levou para conhecer a cafeteria. Entre muitas tortas, bolos, cafés e andanças pelo Central Park iluminado, viram crianças fascinadas pelas luzes e os enfeites nas árvores, pessoas tirando fotos e gravando vídeos com seus celulares.

Foi assim que os dois curtiram os últimos dias do ano. Esse tempo foi um grande presente de Natal para ambos, principalmente para Ethan, que nunca havia feito coisas assim sozinho com Martha. Na verdade, em alguns momentos ele esquecia que ela era sua mãe e se sentia passeando com uma amiga mais velha e experiente.

Martha voltou para Brownwood em uma noite com a certeza de que as coisas estavam bem com Ethan e agradecida por ter passado alguns dias com o filho.

Dias depois, enquanto atendia um cliente regular na cafeteria, Ethan percebeu algo estranho acontecendo na entrada do estabelecimento, um burburinho. Era um grupo de quatro pessoas que estava parado à porta, todos com olhares nervosos.

Ethan se aproximou para ver se poderia ajudá-los. Pareciam estar discutindo em voz baixa, ele percebeu que estavam com dificuldade para se comunicar. Alguns pareciam falar em uma língua que ele não reconheceu, algo semelhante ao alemão; podia ser polonês, quem sabe.

Ethan manteve a calma diante da confusão e tentou ajudá-los da melhor maneira possível. Ele os guiou para uma mesa e tentou conversar com o grupo. Pelo que conseguiu perceber, estavam procurando um lugar para descansar e tomar café, mas pareciam estar perdidos e meio ansiosos. Enquanto conversavam, Ethan percebeu que eram turistas, tinham acabado de chegar de outro país e estavam tentando se orientar na cidade.

Os novos clientes se mostraram muito gratos por sua ajuda. Acabaram passando cerca de duas horas no café, desfrutando da comida e da bebida e conversando com Ethan sobre a cidade; apesar de falarem um inglês sofrível e com sotaque carregado, tudo deu certo.

No fim da tarde, quando os turistas finalmente partiram, Ethan estava exausto. Ele sabia que aquele dia seria lembrado não só pelos clientes estranhos, mas também pelos que testemunharam o cuidado e atenção que dera a eles. Ele se sentiu verdadeiramente útil sabendo que seu trabalho era muito mais do que servir café: ele estava ali para ajudar as pessoas a se sentirem confortáveis, pelo menos naquele momento, naquele local.

Algumas horas depois, já era noite. Um pouco antes de o estabelecimento fechar, um homem apressado entrou na cafeteria, que olhou o menu e pediu um espresso sem nem sequer olhar para os olhos de Ethan. Ele preparou a bebida e a entregou ao homem, que pagou e saiu apressadamente, olhando para uma foto.

A noite avançou, com clientes estranhos e solicitações bem específicas, como a mulher que pediu um café descafeinado com chantili e granulado, o homem que pediu um café com leite com um pouco de açúcar e canela e a senhora que pediu um chá de hortelã com um cubo e meio de açúcar separadamente. Ele lidava com todos com muita atenção; sua missão era garantir que todos saíssem do café satisfeitos.

Dias depois, já no início da primavera, entrou na cafeteria um homem usando um terno azul-marinho, sapatos muito bem engraxados, a autoconfiança estampada no rosto. Ethan nunca o havia visto ali. Ele pediu um macchiato duplo enquanto lia atentamente o *Financial Times*. Ethan levou o café para o homem, que o recebeu em silêncio. Alguns minutos depois, o sujeito levantou os olhos, acenou com a mão para chamar Ethan até a mesa, pediu outro café e comentou:

— Bons cafés! A importação está mais cara este ano para nós, mas vale sempre investir em boas cafeterias, não importa o ano. Concorda comigo? — Depois das perguntas impulsivas e inesperadas, o homem riu e balançou a cabeça. Levantou a mão. — Não precisa me responder, desculpe atrapalhá-lo! Perdoe-me a impulsividade.

Mas Ethan o surpreendeu com uma resposta segura. Depois de ouvi-lo, o homem se mostrou impressionado e comentou que ele sabia bastante sobre a qualidade dos grãos, as recentes mudanças nas políticas de importação e o valor atual do café, baseando-se em fatos sólidos e em notícias atuais sobre o mercado financeiro e a importação.

Com um olhar desconfiado, o sujeito baixou o jornal, ainda em silêncio e pensativo. Então, sem pensar mais, chamou Ethan para conversar, pediu para ele se sentar um instante à mesa e se apresentou.

— Me chamo Leonard Smith, e confesso que estou curioso. Não conheço muitos jovens com tanta clareza sobre esse assunto. Como você sabe tanto sobre economia? Você estuda?

— Estudo na NYU, senhor — respondeu Ethan, sentindo-se um pouco desconfortável, pois achara a abordagem um tanto invasiva.

— Ótimo! Tenho uma oportunidade de estágio em uma pequena empresa. Você tem interesse?

O coração de Ethan disparou, e ele olhou diretamente para os olhos do homem, respondendo de imediato:

— Sim, eu tenho. Mas por que me ofereceu a vaga?

Leonard explicou:

— Um dia você entenderá que experiência nem sempre é o mais importante. O que contou foi sua postura comigo e com os demais clientes aqui. Qualquer outra habilidade pode ser ensinada.

Leonard então se levantou, limpou a boca com um guardanapo, tirou um cartão do bolso e disse a Ethan:

— Talvez seja o seu dia de sorte. Vou deixar o meu telefone. Ligue para mim amanhã e eu explico tudo.

Ethan congelou, ainda sem acreditar na realidade do que estava acontecendo ali, algo muito estranho e nada convencional.

— Sim, combinado, senhor Leonard. Obrigado!

Depois dessa conversa, o dia seguiu normalmente e Ethan, no fim do expediente, falou de seus planos para

Jack, que não gostou a princípio, porque apreciava muito o trabalho de Ethan, mas compreendeu a situação. Ele alertou Ethan para uma política interna da cafeteria:

— Espero que tenha sucesso, porque não costumo recontratar quem pede para sair.

— Certo, terei sim, senhor! — afirmou Ethan, com frio na barriga, temendo estar cometendo um grande erro.

O velho Jack iria precisar de um substituto imediato para ocupar a vaga, e Ethan indicou Jason. Jack concordou e assim foi definido; Jason ficou feliz pela oportunidade, e mais ainda com a possibilidade de trabalhar com café, o mesmo negócio no qual sua família empreendia.

Agora, Ethan era o novo estagiário da Odlen Capital e acabava de aterrissar nos corredores de Wall Street. A partir desse dia, o "lobinho texano" começou a uivar pelo coração do mercado financeiro americano.

Ele sabia que não seria nada tranquilo, pois nunca trabalhara para uma empresa tão grande. Em parte, ele se sentia inseguro e receoso, com medo de não conseguir atender às expectativas mínimas para permanecer no cargo — afinal, era novo e ainda não completara seu curso na universidade —, porém, a proposta de Leonard era convidativa por apostar em novos talentos. Era uma oportunidade realmente especial.

CAPÍTULO II

O inverno passou, a neve começou a derreter, mas ainda estava muito frio na grande Nova York. Enquanto a cidade despertava para mais um dia movimentado, Ethan encontrava-se em um sono tranquilo em seu apartamento. Um lugar que já considerava seu lar; ele sabia o quanto era difícil encontrar um imóvel com aquela vista e a localização privilegiada.

O espaço era modesto, apesar de estar localizado na Quinta Avenida — ficava na parte alta no East Harlem. Tinha um bom tamanho e era aconchegante, as paredes eram cinza da cor do cimento, com exceção da sala, que tinha tijolos expostos em algumas paredes, com alguns pregos e pequenos ganchos. Próximo à mesa e de uma das janelas havia um quadro na parede, que já estava ali antes de Ethan chegar. Era uma antiga fotografia em preto e branco de Frank Sinatra, tendo na parte de baixo, em letras douradas e com uma caligrafia delicada, um trecho de uma de suas músicas: "If I can make it there, I'll make it anywhere".

A sala ocupava a maior parte do imóvel. O quarto de Ethan ficava no fim do curto corredor, ao lado da cozinha, que tinha um fogão com forno ao lado de uma terceira janela e um micro-ondas acima, além de uma antiga lava-louças embutida no armário próximo à pia.

A cozinha era pequena, mas não era sufocante por contar com uma abertura na parede que fazia divisa com a sala, onde ficava a bancada. Ele colocara o sofá de três lugares que já existia ali na parede oposta, perto do aquecedor, delimitando o cômodo com um tapete e uma pequena mesa de centro baixa feita de um palete de madeira sobre o piso laminado de madeira, que revestia quase todo imóvel, exceto a cozinha e o banheiro. Estes tinham o piso branco com finos veios acinzentados e metais cor de cobre.

Duas grandes janelas de metal preto voltadas na direção do Central Park se estendiam quase até o chão, dominando a sala, uma delas servindo de saída para a escada de incêndio. Na da direita ficava o aquecedor, e a da esquerda, essa sim era sua janela e televisão. Através dela ele vislumbrava o Central Park, um oásis de verde que se estendia diante de seus olhos, e ainda conseguia ver o brilho do sol sobre o rio Hudson ao fundo. Essa janela era especial, pois nela às vezes alguns pássaros faziam visitas pela manhã.

Em frente à janela da sala estava a poltrona que Ethan havia ganhado de seu pai, Adam, o único móvel realmente seu no pequeno apartamento. Um objeto de valor sentimental muito grande, pois pertencia a sua amada avó, que passava horas sentada nela, imersa em suas leituras. A poltrona agora tinha um novo propósito: era um local de reflexão, onde ele podia se entregar às palavras que fluíam das páginas dos seus livros na maioria das manhãs.

Os primeiros raios de sol iluminaram a ilha de Manhattan, enquanto o despertador ecoava a introdução de uma música do Pink Floyd. Era hora de acordar e encarar mais um dia. Ethan despertou com energia naquela manhã de céu azul. Cantarolando, tomou um banho para descer e pegar o metrô.

Ele preparou seu café e partiu para mais um dia na universidade. Depois seguiu direto para o trabalho em seu novo segundo lar, a Odlen Capital, onde trabalhava no período da tarde de segunda a quinta-feira e às vezes de manhã nas sextas-feiras.

Nas ruas, as pessoas também começavam suas rotinas enquanto outros a terminavam. Durante a tarde, dentro da Odlen, as coisas esquentavam a cada semana que passava. O comércio mundial estava em alta, assim como o turismo, impulsionando o mercado financeiro.

— Boa tarde, senhor Leonard! — disse Ethan, entregando um dos copos de café ao chefe.

— Boa tarde! Como vai? — Leonard respondeu, segurando alguns papéis.

— Eu trouxe café. O senhor quer?

— Muito obrigado, Ethan. Quero, sim. Pode deixar na minha mesa.

Discretamente, ele sentia que Ethan era a escolha certa para o cargo em sua empresa; na verdade, não restavam dúvidas; ele o havia surpreendido desde que chegara.

— Nos vemos mais tarde, pessoal. Quero os relatórios na minha mesa hoje, pois a reunião com os *traders* é amanhã. Até breve!

— Tudo bem. Até mais tarde! — responderam os membros da equipe, enquanto Ethan se afastava para encontrar Paul, que entrava com uma caixa de rosquinhas.

Enquanto caminhava, ele olhou para o lado e observou seu reflexo nos vidros do escritório. Então, lembrou-se da insegurança que sentia quando contratado. A insegurança não tivera chance de crescer e agora ele estava ali, vivendo aquela oportunidade.

Do lado de fora da Odlen, o mundo não parava. Era véspera de Ação de Graças. O desejo de consumir era alto por parte dos moradores da cidade e dos turistas. Em meio à agitação, Ethan era apenas mais um estagiário na fervorosa e epicentral cidade financeira. Enquanto a equipe se reunia, conversas aleatórias ecoavam pelo ambiente, criando um clima descontraído. Era a energia vibrante da Odlen Capital, onde o trabalho e as relações pessoais caminhavam lado a lado.

Terminada mais uma reunião longa, daquelas com conversas improdutivas que não levavam a lugar nenhum, mais um dia ia embora, com dezenas de relatórios entregues a Leonard, um deles sobre um novo grupo que fabricava defensivos agrícolas. Algo para seguir em análise mesmo durante o fim semana, porque o mundo dos negócios não tira folga, mesmo depois que o pregão termina. Para aliviar a tensão do dia, Ethan decidiu convidar Paul Byrne, seu colega de trabalho, para beber uma cerveja e ver uma banda tocar no Bronx. O bar era bom, com mesas de madeira e luz baixa; tocava rock, blues e country, tinha estilo *redneck* e pertencia a um homem chamado Dean, que migrara do Canadá alguns anos antes.

— Paul, vamos sair hoje? Pensei em irmos ao Dean's.

— Obrigado, acho melhor você ir sozinho.

— Qual é? Estou te convidando! Vamos tomar umas cervejas.

— Estou precisando de algo mais forte, um Whiskey talvez.

Eles se acomodaram em uma mesa próxima ao balcão e pediram as bebidas. A música preenchia o ambiente, levando Ethan de volta a Brownwood em seus pensamentos.

Assim que entrou, ele percebeu uma linda garota de camisa jeans sentada a uma mesa perto da parede, mais próxima do palco. Ela segurava uma caneta e o encarava discretamente. Ele sorriu quando ela olhou, e, sim, ela sorriu também e voltou a desviar o olhar para a banda. Ethan não sabia o nome dela, mas já a vira em algum outro lugar, o que o levou a pensar que aquela não seria a última oportunidade de encontrá-la por lá. O tempo foi passando, mais garotas bonitas chegaram. Uma delas foi até a mesa deles pedir informações sobre a cidade, ficou um pouco por ali, conversando, e depois a amiga a chamou, não sem antes dar seu telefone a Paul.

Ethan, no entanto, só tinha olhos para a jovem que notara desde o início. Ele comentou com Paul sobre como era linda a garota da camisa jeans, minutos antes de perdê-la de vista.

— Eu acredito que ela era bonita, sim, mas já bebi muito para ter certeza — respondeu Paul.

Os dois riram, já que Paul não enxergava muito bem de longe mesmo quando estava sóbrio.

Ainda rindo da resposta de Paul, Ethan chamou o garçom para pedir a última rodada de cerveja. Uma noite boa, cheia de conversas e risadas e, claro, música boa. Isso resumia bem uma noite de sexta-feira no Dean's, esse pequeno bar escondido no centro de Nova York, um lugar quase invisível, parecendo uma oficina mecânica e com um letreiro muito pequeno que estava sempre piscando nos dias de chuva.

— Nos vemos na segunda. Ótima noite e obrigado, meu amigo.

— É sempre bom beber com você, meu caro.

Paul foi sincero ao dizer isso, pois Ethan, alguns dias antes, apresentara Margot para ele em um restaurante mexicano no Chelsea Market. Esse encontro despretensioso tinha sido bom, porque, além de comer uma boa carne, Paul dera o primeiro passo com Margot — os dois começaram a trocar mensagens após aquele dia, segundo ele.

— Enfim em casa. Banho e chá quente. É disso que preciso! — Ethan disse a si mesmo, olhando para uma garrafa de Jameson sobre a mesa. E assim deu fim a sua semana cheia de desafios, incertezas e alegrias.

...

Outro dia começava com o despertador tocando, em um sábado de céu azul e com um lindo sol surgindo no horizonte, como se fosse uma chama emergindo. Ethan, que decidira ficar em casa, foi até a cozinha e preparou o café da manhã com bacon e ovos mexidos com ervas frescas colhidas em uma pequena horta que cultiva do lado de fora da janela de seu apartamento.

Enquanto saboreava o café, leu algo no jornal que despertou sua reflexão. A matéria falava sobre os desafios enfrentados pelos artistas independentes na cidade, destacando a busca por reconhecimento em meio a tantos talentos. Ethan entendia o que eles sentiam; afinal, ele se sentia da mesma forma, como um artista em busca de espaço.

Após o café da manhã, pegou em sua estante um livro que o inspirava: *To the Lighthouse*, de Virginia Woolf. Esse exemplar desgastado pelo tempo era seu refúgio intelectual. Ao abrir suas páginas amareladas, Ethan se sentiu transportado para os labirintos da narrativa de Woolf, onde encontrava um terreno fértil para suas próprias reflexões.

Ali ficou até a hora do almoço, debruçado sobre o livro em sua mesa, e nem viu o tempo passar.

Durante a tarde, ele desceu para se exercitar, dessa vez acompanhado por Jason. Foram correr no Central Park. Jason não estava habituado a essa atividade, mas Ethan o convencera.

— E aí, Jason, como estão as coisas no trabalho?

— Ótimo. Jack me promoveu este mês e vou assumir o cargo de subgerente.

— Que ótimo, meus parabéns! Mas você sabe que isso é só um jeito de ele te delegar mais coisas, não sabe? — perguntou Ethan. — E por falar no velho, como ele está?

— Eu sei, sim, mas eu dou conta! Jack está bem, e me disse que vai ficar só mais algum tempo, depois pretende se afastar e viajar com a esposa. Disse que vai para algum lugar no sul da Itália.

— Bora lá, então! — disse Ethan, que saiu correndo e deixou Jason para trás.

— Ei, cara, estou desacostumado, me espera!

— Vamos, Jason... Vamos, cara!

Depois de alguns minutos, completando o percurso que Ethan frequentemente fazia, eles pararam de correr e passaram a caminhar e a conversar sobre a vida, em meio às árvores altas do Central Park, aproveitando a brisa fresca enquanto suas pernas se moviam em sincronia, Ethan perguntou:

— Como estão as coisas? Sua família está bem?

— Ah, sim, Ethan. Estão bem, obrigado por perguntar. Meus pais estão curtindo a aposentadoria, viajando bastante.

— E a sua tia? Você comentou que ela estava doente.

— Infelizmente a situação dela piorou, mas ela está se tratando. Minha família está sempre em contato com ela, oferecendo apoio. É difícil estar longe em momentos assim.

— Vamos falar sobre coisas boas. Conheci uma garota muito interessante.

— Sério? Me conte!

— Bem, eu a encontrei saindo de uma galeria no Soho. O nome dela é Sophia e ela é estudante de arte. Ficamos conversando por um bom tempo. Vamos nos ver, mais tarde.

Os dois seguiram conversando até o sol subir em seu ponto alto. Jason se despediu e pegou um táxi até sua casa, enquanto Ethan foi andando até seu apartamento. Nas escadas de seu prédio, perto das plantas que cobriam parte dos degraus, achou uma carteira que parecia ser de uma mulher.

Assim que entrou em casa, abriu a carteira para tentar descobrir a quem pertencia. Dentro dela havia um batom, chicletes, um documento de identidade, um cartão de crédito e um passaporte italiano em nome de Bella Pagani. Talvez fosse uma moradora do prédio.

A foto era de uma jovem bonita, magra, de olhos azuis, mas, considerando a data do nascimento, dificilmente ela estaria com aquela aparência ainda. Ethan percebeu que na carteira havia um endereço escrito no verso do tíquete de uma lavanderia, o que talvez fosse um ponto de partida para encontrar sua dona. Procurou o estabelecimento na internet, mas não encontrou nada relacionado; percebeu, porém, que o endereço anotado ficava perto de seu apartamento, o que facilitaria a devolução. Sem pensar muito, tomou um banho e foi até lá à procura da mulher.

O lugar ficava próximo à biblioteca, em cima de um pequeno mercado. Ele subiu pelas escadas, já que os elevadores estavam em manutenção. Foram seis andares, nada muito fácil, pois suas pernas estavam cansadas e um pouco doloridas depois da corrida.

Chegando ao sexto andar, um ofegante Ethan caminhou perdido à procura do apartamento 612. Conseguiu encontrar o apartamento 611 no final do corredor; em frente havia uma porta sem número e ao lado o número 614. Sem ter certeza, ele supôs que era o que ele procurava, o apartamento de Bella Pagani.

Tocou a campainha e nada aconteceu, nenhuma resposta. Decidiu bater na porta e nada aconteceu. Repetiu as batidas e desistiu. Então, quando estava se virando para ir embora, escutou os passos de alguém caminhando até a porta, o barulho das chaves e a porta se abriu. E lá estava a dona da carteira, a jovem Bella.

— Senhorita Bella? Acredito que esta carteira seja sua — disse Ethan, segurando-a na mão.

— Sim, é minha, fui roubada quando estava vindo para casa ontem. Pensei que nunca mais a encontraria!

— Achei na escadaria do meu prédio.

Ela parecia feliz por ter recuperado a carteira, porque a abraçou como se fosse um bebezinho.

— Um homem pegou minha bolsa ontem quando eu estava saindo do táxi. Ele ficou com meu dinheiro, mas pelo menos deixou meus documentos... Obrigada!

Nesse momento, uma quietude pairou no ar, então os dois se olharam e perceberam que não era a primeira vez que se viam.

— Acho que te conheço de algum lugar, mas não lembro de onde!

— Também pensei nisso! — respondeu Bella, com um ar de dúvida.

Ethan, ainda sem saber de onde a conhecia, perguntou se ela tomaria um café com ele um dia desses. Ela respondeu que sim e o agradeceu novamente. Os dois trocaram telefones e se despediram, e Ethan retornou para casa, satisfeito por ter devolvido a carteira à sua dona.

Ele pegou um táxi, pois precisava chegar logo em casa e estudar para uma prova que teria na semana que vem. E assim ele passou o restante da tarde de sábado, fazendo resumos de seus conteúdos de microeconomia. A noite chegou e com ela a vontade de comer uma pizza e beber um vinho. Ele pediu a pizza e, enquanto esperava, ligou para sua mãe em Brownwood.

— Mãe, como estão as coisas por aí?

— Estamos bem! Estou sozinha hoje, seu pai está em Goldthwaite ajudando seu avô com as coisas da colheita e retorna amanhã à noite. Você sabe que seu avô não tem mais saúde para trabalhar como antes. Mas e você, filho, como está? Tudo bem por aí? Como está o trabalho?

— Estou bem, trabalhando sempre, né? Gosto muito do lugar, mas neste fim semana vou relaxar um pouco. Até pedi uma pizza e estou esperando, muita preguiça. Cozinhar não está nos meus planos, pelo menos não hoje.

— Ethan! Você precisa se alimentar bem, meu filho.

— Mãe, a pizza chegou, vou desligar. Só queria ouvir sua voz e saber se tudo está bem por aí.

— Tudo está bem! Beijo, filho, eu amo você, querido. Cuide-se!

— Eu te amo, mãe!

Encerrando a ligação, ele atendeu o interfone e pediu para o entregador subir com seu pedido. E assim mais uma noite se encaminhou para o fim. Sentado no sofá, ele ficou olhando para as paredes e pensando em decorar seu apartamento para fazê-lo se sentir mais próximo do Texas. Lembrou então que ali perto havia um lugar que vendia algumas coisas antigas, inclusive letreiros luminosos da Bud ou da Coors, talvez, e uns quadros do Marlboro. Quem sabe isso deixasse o pequeno apartamento parecido com um bar texano.

Após a pizza e os devaneios arquitetônicos, ele apagou as luzes e foi para sua poltrona com a garrafa de vinho na mão. Ficou olhando atentamente através da janela as luzes emitidas pelos prédios vizinhos, lâmpadas e carros. Ele ficou pensando que a cidade de Nova York é um organismo vivo que não desliga nunca e que cada luz era um pedaço desse organismo, do qual ele mesmo fazia parte. Cada pedaço era uma história, como se fosse um livro, e os prédios e avenidas eram as estantes dinâmicas da grande biblioteca chamada Manhattan.

O dia terminou com Ethan sentado em sua poltrona fazendo uma profunda reflexão sobre sua vida e o que realmente buscava. Sempre achara que tinha a resposta, mas a vida sempre vinha com novas perguntas. E parecia que nessa grande cidade estavam surgindo muito mais perguntas do que ele esperava encontrar. Nova York não era para amadores, não era para ingênuos, não era treino; ali a vida era jogada nos acréscimos finais todos os dias e tudo podia acontecer.

CAPÍTULO III

Em outro dia, Ethan viu brilho do sol poente colorir as avenidas, prédios e árvores e por um breve momento a janela de seu apartamento se tornou um quadro naquela parede com tijolos grená com canos de bronze envelhecidos.

O telefone vibrou em seu bolso com uma mensagem de Bella: "Olá, Ethan! Não vou trabalhar hoje, então pensei que poderíamos sair. Você pode?".

Ele respondeu rapidamente: "Olá, Bella, claro, podemos sim! Estou livre hoje. Podemos nos encontrar em uma hora, na cafeteriada da rua 96. Sabe qual é?".

"Sei sim! Até logo mais, nos encontramos lá."

E lá estava ele se arrumando na frente do espelho para encontrá-la, e se deu conta de que fazia tempo que não tinha um encontro. Isso o fez perceber que estava muito focado no trabalho e nas coisas ao redor e tinha esquecido de olhar para si mesmo.

Bella chegou à cafeteria um pouco antes dele. Ela também não se encontrava com ninguém havia um tempo; namorara por três anos quando estudou na Inglaterra, depois disso não dera mais chance para o coração, pois a vida tinha tomado outros rumos e o tempo para isso ficara escasso.

Assim que chegou, Ethan parou na frente da cafeteria e se lembrou do dia em que conseguira a vaga para trabalhar ali, e da cara de desconfiança do velho Jack. Depois de viajar em suas lembranças, ele entrou no estabelecimento e caminhou até a mesa onde Bella estava sentada de costas para a porta. Ela usava um lindo vestido verde-oliva, estava com uma fita branca no cabelo e ao lado havia uma pequena bolsa preta. Estava linda, era a menina mais linda que Ethan tinha visto desde que se mudara para Nova York.

— Bella!

— Olá, como vai Ethan? — Ela se levantou e estendeu a mão para cumprimentá-lo. Depois que se sentaram, ela respondeu: — Estou bem!

— Certo! Eu gostaria de saber mais sobre você e sua jornada até aqui. O que te trouxe a Nova York e o que você espera encontrar?

Bella sorriu; ela achou curiosa a maneira direta de Ethan perguntar. Ao mesmo tempo, sentiu uma energia bondosa naquele olhar.

— Sou escritora e jornalista. Minha jornada começou na Itália, e através do jornalismo e da escrita encontrei uma maneira de expressar minha voz e alcançar os outros. O que me motiva é compartilhar histórias que possam inspirar e conectar as pessoas.

Ethan sorriu, interessado em ouvir Bella. Ela então começou a contar sua trajetória, desde a infância difícil com a família na Itália, passando por seus estudos na Universidade de Oxford, na Inglaterra, até o trabalho em Londres e a chegada em Nova York, onde se firmara como crítica literária.

— Ethan, me conte sobre você. Como foi sua jornada até aqui e o que você procura em Nova York? — ela pediu, repetindo a fala dele.

Ethan sorriu e começou a narrar sua própria história. Os dois conversaram por horas, mergulhando em suas trajetórias pessoais, compartilhando sonhos e desafios. Até que decidiram pedir a conta.

Bella olhou para o papel e franziu a testa, surpresa.

— Tem algo errado, Ethan? Só custou oito dólares.

— Calma, está tudo certo — respondeu Ethan, sorrindo.

— Lembra que eu falei que trabalhei em uma cafeteria?

— Claro, lembro sim.

Ethan apontou para a conta e mostrou a mensagem escrita à mão: "Vejo que está com sorte, meu amigo!".

Bella riu, compreendendo a situação e compartilhando um olhar cúmplice com Ethan, enquanto os dois deixavam o café, satisfeitos com a experiência compartilhada.

Ela ficou intrigada com o fato de Ethan ter trabalhado em uma cafeteria. Não imaginava isso, afinal, ele não aparentava ter o perfil para esse tipo de trabalho. Ainda sem entender muito bem, ela pagou a conta sorrindo. Quando estavam saindo, ela perguntou:

— O que mais te interessa além do seu trabalho e dos livros, Ethan, o misterioso homem do Texas?

O café começava a fechar, e Ethan e Bella decidiram ir embora de vez. Caminhando juntos pelas ruas de Nova York, eles continuaram a conversar sobre livros, filmes e suas experiências na cidade, aprofundando ainda mais a conexão. Alguns minutos depois, chegaram ao prédio de Bella.

Subiram as escadas e Ethan a levou até a porta do apartamento. Os dois se despediram, porém, seus corpos não saíam da frente um do outro. O silêncio pairava no ar, os olhos conversando. Em um movimento simultâneo, os dois se aproximaram lentamente e se beijaram. Os olhos fechados, o tempo parado e o coração acelerado.

Ambos souberam que queriam sentir de novo essa emoção e descobrir mais um sobre o outro, de todas as maneiras. Ela perguntou se Ethan gostaria de entrar para conhecer seus livros.

— Vou adorar.

— Você poderia tomar um vinho comigo. Pelo menos uma taça, para me acompanhar.

Sorrindo e um tanto nervoso, ele respondeu:

— Claro que eu aceito, gosto de vinho. Minha terceira bebida preferida.

— Terceira? E quais são as duas primeiras?

— Cerveja e um bom e velho Whiskey. Porque os Whisky estão na quinta posição, depois de um bom espresso italiano.

— Certo, prefiro os do Tennessee também, apesar de conviver com os irlandeses às vezes.

Os dois riram. Tudo estava evoluindo de maneira muito positiva entre eles, como se se conhecem havia muito tempo. Depois de entrarem no apartamento, Bella foi até sua pequena adega buscar a garrafa enquanto Ethan percorria os olhos pelos livros na estante, em especial um que estava na parte baixa, quase escondido. Ela voltou com o vinho, um Cabernet Sauvignon, e o serviu lentamente. Seus olhos estavam fixos em Ethan junto com pequeno sorriso contido.

— Acho que você vai gostar! Este é um vinho produzido no sul do Brasil. Um velho amigo brasileiro me deu de presente quando eu morava em Londres, antes de eu me mudar para cá.

— Bella, já leu este livro aqui? — perguntou ele, segurando um livrinho de capa vermelha. Ela lhe entregou a taça e propôs um brinde à noite maravilhosa.

— Claro que sim, este é um clássico. Bradbury também é um dos meus escritores favoritos.

Os dois então começaram a conversar sobre esse livro, sobre o bombeiro Montag e os demais personagens de *Fahrenheit 451*. A conversa fluiu, as palavras quebraram o gelo rapidamente, mas depois de um tempo um silêncio tranquilo se estabeleceu. Os olhares se encontraram devagar, e, sem aviso, um segundo beijo aconteceu ali, no sofá em frente à estante.

Um desejo silencioso conduziu cada movimento de seus membros, buscando um ao outro como se houvesse uma necessidade. Assim, apesar do frio da noite, tudo foi ficando mais quente no pequeno apartamento localizado na esquina da rua 103 com a Lexington. Os movimentos foram ficando mais velozes e as respirações ofegantes; os dois foram tirando a roupa enquanto se beijavam e caminharam abraçados em direção ao quarto, tateando as paredes. Os dois conduzidos pelo desejo e por uma vontade incomum que havia tempos ela não sentia, mas que agora emergia com ferocidade, envolvida com um rapaz que acabara de conhecer.

Ela experimentou algo diferente, algo forte, sentia-se segura para expor suas vontades de uma maneira que nunca tinha sentido. Os dois passaram uma noite maravilhosa na cama. Quando o dia amanheceu, Ethan retornou para sua casa.

Foi uma noite memorável para ambos, muito especial. Mas, como tudo que é bom dura pouco, a semana chegou pesada, com pesquisas, análises e relatórios para Ethan fazer. Para Bella, começou com reuniões com seu agente e pesquisas para o jornal. Ela também estava imersa na escrita de seu livro, uma obra que marcaria sua estreia no mercado americano, um romance que se desenrolava nas vielas pitorescas de Amsterdã. Seu agente, Alfred Smith, era um profissional experiente, um homem mais velho, meticuloso quando se tratava de crítica literária. Sua reputação inspirava autoridade nos círculos editoriais de Nova York. No entanto, por trás dessa fachada dura residia uma alma doce e agradável. Ele se dedicava a aprimorar o trabalho de seus autores com uma abordagem delicada, buscando extrair o melhor de cada palavra e linha. Sua visão perspicaz e seu compromisso com a excelência eram inigualáveis. Embora sua sinceridade pudesse ser intimidante, a doçura de sua personalidade surgia em momentos de compreensão.

Nessa relação peculiar entre a escritora e seu agente, Bella se encontrava imersa em uma situação de desafio diário e crescimento. Cada página escrita passava pelo escrutínio de Alfred, mas ela sabia que era um processo necessário e enriquecedor. Bella via uma autoridade muito incisiva em suas palavras, mas também um homem com uma gentileza intrínseca, que brotava nos momentos certos.

Em outro dia, que amanheceu nublado, Ethan acordou cedo para preparar panquecas para o café da manhã. Enquanto misturava os ingredientes, só pensava em Bella. Ele sentia que precisava vê-la, e pensou em convidá-la para vir à sua casa assim que pudesse.

Quando saiu de Brownwood, ele estava conhecendo uma menina, Louise Reid. Ela era competidora de rodeios e havia sido colega de Ethan no colégio. Eles nunca namoraram, mas estavam saindo às vezes como amigos até um pouco antes de ele receber a notícia de que iria embora da cidade. E uma das verdades que ele levava era que quando se gosta não se pode perder tempo, é preciso arriscar; mesmo que possa ser doloroso, não será pior que a dor do arrependimento.

As panquecas ficaram ótimas, e, enquanto saboreava o café da manhã, Ethan folheava o *New York Post*. Entre as notícias da cidade, algo chamou sua atenção. Era um artigo falando sobre o fato de um dos fundadores do país, Alexander Hamilton, ter morrido em um duelo de pistolas, pelas mãos do ex-vice-presidente Aaron Burr. Uma história muito interessante, apesar de trágica.

Ethan foi para a Odlen, e ao chegar lá encontrou Paul e outro colega, Henry, que falava com um entusiasmo contagiante:

— Ethan, Paul, vocês precisam ouvir sobre o jantar incrível que tivemos ontem. Descobri um bistrô encantador em Greenwich Village. O chef, um verdadeiro artista culinário, preparou um risoto de trufas negras que estava simplesmente divino. E não para por aí! — Henry prosseguiu. — A sobremesa também foi uma maravilha, o nome era céu de chocolate. — Henry era viciado em chocolate.

— Céu? E qual é o nome do lugar? — perguntou Paul, achando curioso o tal nome.

— Esqueci! — Henry trocou a empolgação por um ar de dúvida.

— Certo, o lugar parece bom, mas por favor vocês dois, podem sair de cima da minha mesa? Eu preciso ver meus e-mails — pediu Ethan, encerrando a conversa.

Antes de sair, Paul tocou no ombro de Ethan e perguntou:
— Tudo bem com você, cara?
— Tudo, sim, só estou um pouco cansado — Ethan respondeu, tirando o casaco e o colocando no encosto da cadeira. — Preciso de mais um café!

Ethan nunca comentara com ninguém, mas nutria certas reservas em relação a Henry; melhor dizendo, não gostava dele. Sua falta de confiança e constante bajulação explícita sobre Leonard eram fontes de desconforto para Ethan e para o resto da equipe.

Naquele dia de trabalho, Ethan não estava em sua melhor forma; sua mente divagava, tornando difícil manter o foco. Após uma reunião importante com Leonard, ele pediu permissão para sair mais cedo, explicando sua situação. Leonard, ciente do histórico exemplar de Ethan na Odlen, demonstrou a confiança que depositava em seu funcionário dedicado. Após enviar e-mails e escrever alguns relatórios, Ethan sentiu que precisava de uma pausa. Ele pegou seu casaco e um chocolate de sua gaveta se dirigiu aos elevadores sem se despedir de ninguém.

Após um dia tumultuado no trabalho, Ethan decidiu caminhar até a Trinity Church, um lugar histórico no fim da rua. Ao chegar lá e ver o cemitério ao lado da igreja, pensou em caminhar entre as lápides para ver se encontrava a sepultura do grande Alexander Hamilton. Acabou encontrando, era bem grande, por sinal. Ele passou alguns minutos ali; quem sabe algum outro morto famoso poderia ter sido sepultado nesse cemitério.

Seus passos eram silenciosos sobre as pedras gastas, e a quietude do cemitério contrastava com a agitação da cidade que ficava além dos portões. Enquanto seus olhos percorriam os nomes gravados nas lápides, Ethan não pôde deixar de refletir sobre a efemeridade da vida. *Somos todos apenas uma inscrição neste vasto livro do tempo,* pensou consigo mesmo. Precisava ir embora, mas estranhamente encontrara uma estranha paz naquele lugar.

Quando chegou em casa, pegou seu velho álbum de fotografias, sentou na poltrona e começou a olhar algumas fotos na infância com sua avó no rancho, pescando com seu pai e fazendo biscoitos com sua mãe. Ethan sentiu a textura do velho piso da casa no Texas sob seus pés enquanto ajudava a mãe a preparar biscoitos na cozinha, um ritual que agora parecia um fragmento distante do tempo. Todas essas lembranças despertaram uma grande saudade de seu estado natal e de sua família.

A nostalgia do Texas envolveu Ethan enquanto folheava o álbum. Cada imagem contava uma história vívida do passado, evocando memórias que pareciam ter sido esquecidas no turbilhão da vida adulta em Nova York. A imagem de sua avó, com um sorriso acolhedor, trouxe à tona o aroma das tortas recém-assadas no rancho. Ethan fechou o álbum e o guardou com carinho.

A Trinity Church e o cemitério, apesar de inesperados, haviam desencadeado uma série de reflexões sobre suas origens e as escolhas que o trouxeram até ali. Os dias que se seguiram foram uma dança frenética entre trabalho, suas aulas na faculdade e algumas trocas de mensagens com Bella. Isso durou até o fim de semana chegar, quando Ethan, após dias intensos, esperava encontrar pequenos momentos de respiro.

Em uma tarde livre, caminhando pelas ruas movimentadas e entrando em algumas livrarias, Ethan encontrou uma edição rara de um livro que sua avó costumava ler para ele nas noites tranquilas do rancho.

A descoberta trouxe um sorriso nostálgico ao seu rosto, e ele decidiu levar aquela relíquia para casa, uma ponte simbólica entre seu passado e o presente.

...

Enquanto isso, Bella, sentada em um banco no Central Park, sentia a brisa suave acariciar seu rosto enquanto mergulhava na prática terapêutica de escrever cartas para si mesma. Seu caderno estava aberto, e a caneta deslizava suavemente sobre as páginas, dando vida às palavras que fluíam de sua mente.

Ela escreveu:

"Querida Bella,
É estranho, não é? Escrever para si mesma. Mas às vezes as respostas que buscamos estão dentro de nós, esperando pacientemente para serem descobertas. Hoje estou aqui, neste banco tranquilo, buscando clareza em meio ao caos da cidade.

Percebo que estou em um labirinto de oportunidades e desafios, um lugar onde as histórias se entrelaçam, assim como as ruas movimentadas. No entanto, entre os arranha-céus e as luzes brilhantes, encontrei um eco silencioso de quem sou e do que busco.

Cada palavra que coloco no papel é como uma âncora, uma tentativa de ancorar meus pensamentos e emoções. Às vezes, a vida se move tão rápido que perdemos de vista o essencial. Estas cartas são a minha maneira de parar, refletir e me reconectar comigo mesma.

Ethan, com a determinação de um cowboy, é uma presença constante nos dias mais recentes da minha vida. Juntos, estamos navegando pelas águas incertas do futuro, tentando equilibrar os sonhos com as responsabilidades. Mas no fundo há uma certeza de que cada passo, mesmo hesitante, é parte do que escolhemos trilhar.

Estou aprendendo que a verdadeira coragem está em aceitar a complexidade de nossos próprios sentimentos, em abraçar as dualidades que nos tornam humanos. As palavras que escrevo aqui são como faróis, guiando-me através das águas turbulentas da autodescoberta.

Enfim, querida Bella, estas cartas são mais do que meras palavras. São uma jornada, e que cada linha seja um passo em direção à clareza, um fio que pavimenta os caminhos da minha estrada.

Com carinho,
B.P."

Ao terminar a carta, Bella sentiu um suspiro tranquilo escapar. Era como se as palavras escritas fossem um abraço gentil, uma lembrança de que, mesmo na vastidão de uma cidade movimentada, ela poderia encontrar um refúgio dentro de si mesma.

Bella, então, levantou-se e contemplou o parque por um momento, sentindo a necessidade de compartilhar seus pensamentos com Ethan. Ela enviou uma mensagem a ele e, ao saber que estava em casa, decidiu ir até lá, ansiosa para continuar a conversa.

Quando entrou no apartamento, ela sentiu uma energia única; aquele lugar tinha algo de especial além da localização e da vista da janela da sala. Ethan mostrou a casa a ela e depois disse:

— Eu estava ansioso para te mostrar uma coisa. — Então ele pegou um pacote cuidadosamente embrulhado e o entregou a Bella. Curiosa, ela abriu o papel, revelando o livro de poesias antigas que ele havia comprado. — Pensei que isso poderia inspirar ainda mais suas palavras.

Bella ficou sem palavras, tocada pelo gesto atencioso de Ethan. Ela olhou para ele com gratidão, e eles trocaram um olhar significativo que transcendia as palavras.

— Além disso, preparei um café especial para nós — prosseguiu Ethan, mostrando a mesa arrumada.

Naquele momento, Bella teve a certeza de que Ethan fora um dos maiores presentes que o destino já lhe oferecera, pois ele era o homem que ela um dia idealizara, e isso conflitava com a lógica. Isso era irônico, pois ela sempre acreditara que o maior erro das mulheres era desejar ter um parceiro idealizado, jamais acreditara que o encontraria, mas a vida a surpreendera a ponto de derrubar algo que ela tinha como certeza.

CAPÍTULO IV

No dia seguinte, em seu apartamento, Bella se entregava à conclusão de seu livro, respeitando à risca os prazos impostos pela editora. O avanço era notável, e ela se aproximava do penúltimo capítulo. No entanto, um compromisso de grande importância a aguardava no dia seguinte: um encontro com Alfred para debater o prefácio e a arte da capa. Ansioso pela opinião dela, ele já havia encaminhado uma seleção de propostas de artistas e fotógrafos.

Ethan, por sua vez, começava a arrumar a mala. O destino era o Texas. Sua jornada incluía a cidade de onde viera, Brownwood, e em seguida o rancho em Goldthwaite ao lado de seu pai. Nessa terra, o legado agrícola da família prevalecia havia décadas.

O avô de Ethan, Bob Keynes, destacava-se como um renomado criador de gado, tradição que remontava a seu próprio pai e avô. A imensidão das pastagens verdejantes servia como cenário para sua incansável dedicação.

Bob mantinha os campos repletos de milho, cultivados para alimentar o rebanho e também para comercialização na cidade. Apesar da idade avançada, o valoroso Bob permanecia firme em seu compromisso com a produção no Rancho Keynes.

Ele trabalhava lado a lado com seus funcionários, transmitindo os valores que moldaram a família Keynes ao longo dos anos. Nessa terra de trabalho árduo e tradição arraigada, a conexão profunda entre Ethan, seu pai e o legado da família se tornava cada vez mais evidente. Sob o vasto céu do Texas, eles encontravam paz e propósito, unidos pelo amor pela terra e pela herança que representava.

No entanto, em meio à dedicação ao trabalho, um evento especial se aproximava: o dia seguinte seria a data do aniversário de Elizabeth, a querida avó de Ethan, que já não estava mais presente fisicamente, mas cuja memória e influência continuavam a ecoar em seus corações.

Uma tradição familiar se mantinha acesa em homenagem a Elizabeth, enquanto o crepúsculo beijava a fazenda. Eles se preparavam para um jantar festivo, acompanhado pelo suave murmúrio da música country. Bob ostentava habilidades musicais inigualáveis. Ele tomava seu violão, marcado pelo tempo, e dedilhava notas melancólicas que se espalhavam pela noite. O coro familiar se unia em harmonia, entoando as antigas canções que Elizabeth amava e outras do seu próprio gosto.

Naquele instante sagrado, o tempo parecia recuar, trazendo à tona memórias vivas de tempos passados. A família se reunia em torno da mesa farta, compartilhando risos, histórias e a saudade que permeava cada lembrança. Era um ritual de amor e gratidão, um elo que unia o passado e o presente, reafirmando os laços familiares que transcendiam o tempo.

Enquanto o fogo crepitava na lareira, Ethan observava o brilho nostálgico nos olhos de seu avô e a ternura que envolvia cada gesto dele. Elizabeth, sua avó, não estava mais com eles, mas sua influência pairava em cada nota de música, em cada palavra compartilhada naquela noite. Era como se uma energia tomasse conta do lugar, algo que preenchia o coração das pessoas ali.

Essa tradição familiar, cultivada ao longo dos anos, era um lembrete constante de que os valores transmitidos por ela permaneciam, moldando o caráter de Ethan e mantendo acesa a chama das tradições no coração da família.

O telefone interrompeu o silêncio da sala no apartamento de Ethan.

— Bella! Tudo bem por aí?

— Sim, e com você? — disse Bella, enquanto preparava um sanduíche.

— Tudo! Acabei de fazer minha mala para a viagem de amanhã, agora estou comendo.

— Eu estava revisando algumas partes do livro.

— Sim. Sua reunião será amanhã, certo?

— É amanhã. Estou um pouco ansiosa.

Ethan compartilhou com Bella o motivo de sua viagem, deixando-a impressionada com a singeleza da homenagem. Ele também falou sobre a semana que tivera no trabalho e mencionou que estivera em um bar com seu colega Paul, discutindo negócios, após o expediente. Bella disse que apreciava frequentar cafés, mas confessou ter visitado alguns bares em Nova York para obter *insights* para suas cenas literárias.

— E o que você achou do Dean's? — perguntou Ethan, curioso.

— Adorei! — exclamou Bella, sorrindo. — É um lugar único, com um charme próprio. E você?

— Também gosto muito — diz Ethan. — Sempre há uma atmosfera agradável e a música é ótima.

— Sim, e as pessoas que frequentam também são interessantes — acrescentou Bella. — Adoro observar como elas interagem e se divertem.

— Talvez tenhamos estado lá ao mesmo tempo sem perceber — sugeriu Ethan.

— Pode ser! — concordou Bella, rindo. — O mundo é pequeno. Já fui três ou quatro vezes lá. Adoro aquele lugar! Quase sempre vou sozinha e peço algumas cervejas. Fico observando as pessoas, faço algumas anotações e, claro, curto a música.

— Você faz isso? Nossa! Então acho que sei de onde conhecia você.

— Pode ter sido lá, embora eu não lembre. Normalmente minha mente está trabalhando, criando alguma história maluca sobre as pessoas.

— Bem, então eu posso ter inspirado você? Sinto que contribuí para o seu trabalho mesmo sem nos conhecermos.

— Provavelmente, não! — ela respondeu, rindo e com um brilho nos olhos.

Os dois descobriram, então, que haviam estado no mesmo lugar um dia antes de se conhecerem, mesmo que Ethan tenha hesitado em abordá-la.

À medida que a noite avançava, Bella concluiu suas leituras na cama. A alguns quarteirões dali, Ethan permanecia imóvel diante da janela, acariciando o encosto de sua poltrona.

Nessa época do ano, sentimentos de saudade preenchiam seu coração. Apesar de ter tido pouco tempo para estar com sua avó durante a infância, as memórias permaneciam vivas, de estar em seu colo enquanto ouvia histórias ao calor da lareira. Ele bebeu uma dose de seu Whiskey, apagou as luzes e foi para a cama.

A noite passou como um raio e o dia clareou. Com a mala já pronta, o despertador de Ethan tocou. Ele acordou e tomou seu banho, enquanto Bella preparava seu café. Ele ligou para avisá-la de que já estava indo para o aeroporto.

Bella se preparou para o encontro com Alfred nessa manhã. A reunião tinha grande importância, pois determinaria o cronograma de lançamento do livro.

Concentrada, Bella revisou suas anotações pela última vez, garantindo que tinha todos os detalhes necessários em mãos. O peso da expectativa pairava no ar, adicionando um senso de gravidade à ocasião. Esse era um momento que poderia moldar a trajetória de sua carreira, pelo menos assim ela enxergava.

Ela ajeitou sua roupa, escolhendo um visual elegante e discreto. Enquanto saía pela porta, sua mente zumbia com ideias. Ela ensaiou mentalmente seus pontos de discussão, os argumentos que apresentaria e a paixão com a qual defenderia sua visão para o livro.

Bella entrou na reunião com as palavras cuidadosamente escolhidas. Apresentou suas ideias, sua visão criativa e o potencial de seu livro, não deixando pedra sobre pedra. O ar na sala se carregou de possibilidades à medida que a paixão de Bella por seu trabalho permeava cada palavra que ela pronunciava. Alfred ouvia atentamente, sua expressão revelando pouco. Seu silêncio era tanto perturbador quanto intrigante, fazendo o coração de Bella acelerar.

Finalmente, após o que pareceu uma eternidade, Alfred falou. Suas palavras foram medidas, seu tom deliberado. Ele expressou seus pensamentos sobre o manuscrito, reconhecendo seus pontos fortes e oferecendo críticas construtivas sobre áreas que requeriam mais atenção. Conforme a reunião avançava, o ceticismo inicial de Alfred desapareceu, substituído por um lampejo de admiração pela dedicação de Bella.

Enquanto isso, Ethan desembarcava em Brownwood. Adam estava lá com sua picape, uma Chevrolet C20 Custom Campers 1972, verde-escura com detalhes na cor marfim, tinha sido herdada de Bob alguns anos antes, quando ele deixou de dirigir por causa da visão. Adam e Ethan seguiram para casa, conversando ao longo da estrada cercada de campos com vacas e plantações.

— Filho, como estão indo as coisas?

— É um lugar incrível pai, as coisas acontecem em um tempo diferente daqui. Às vezes parece que estou em um vídeo rodando na velocidade aumentada, mas em alguns momentos pareço estar em câmera lenta dentro de um filme por alguns segundos. Mas a cidade é melhor do que todos por aqui imaginam e eu estou bem por lá, continuo trabalhando na mesma empresa e a poltrona ficou ótima na minha sala, eu a adoro. Também conheci uma menina, o nome dela é Bella. Bella Pagani.

— Interessante. Ela é italiana? — perguntou seu pai, já curioso.

— Sim, na verdade é ítalo-americana. Ela é jornalista e escritora, estamos em um relacionamento muito bom há alguns meses já.

— Que bom, Ethan. Fico feliz em saber. Espero que ela seja tão especial quanto sua mãe é para mim. Espero que você cuide bem dela e ela de você!

E assim seguiram o caminho até a casa de Adam, onde Martha já esperava os dois para saírem para fazenda de Bob, para o evento em homenagem a sua querida esposa.

Em Nova York, Bella e Alfred agora discutiam os detalhes do pré-lançamento do livro. Sentados em uma pequena sala no escritório da editora, eles compartilhavam informações sobre o evento na Califórnia.

Alfred, com seu olhar afiado, revelou a Bella que o pré-lançamento estava programado para ocorrer na sede da editora, em Los Angeles. Seria um evento privado para convidados especiais a ser realizado em uma famosa livraria parceira, onde a atmosfera literária ganharia vida. Bella, sentada com sua postura elegante e uma expressão de profunda concentração, escutava com atenção enquanto Alfred expunha os planos detalhados. Ele ressaltava a relevância do evento para a divulgação do livro e falava sobre a chance de estabelecer uma conexão com pessoas importantes na costa oeste.

Bella não gostava da ideia de fazerem grandes eventos; ela sempre preferira lançamentos mais intimistas, feitos em cafés ou pequenas livrarias, mas sabia que Nova York a ensinara a não desperdiçar chances; tudo acontecia tão rápido que pensar muito poderia significar perder uma oportunidade, então daria uma chance e faria o evento em LA.

Ela se lembrou de quando morava em Londres e escrevera alguns contos. Os amigos pediam para ela mostrar, mas ela sempre se recusava, alegando que não estavam prontos ainda, e assim tinha sido por muitos anos. Agora ela estava prestes a lançar seu livro e nutria um pouco daquele sentimento ainda, mesmo assim recuar não seria uma alternativa. Ela sabia que a verdade de suas palavras se sobrepunha às necessidades perfeccionistas e às súplicas e indulgências de um mercado poluído por chavões literários.

CAPÍTULO V

No Texas, Ethan encontrou seu avô, que sempre gostava de contar histórias de quando era jovem. Ethan escutava atentamente, imerso nas narrativas que entrelaçavam o presente e o passado em um dia de homenagens a sua avó. Bob compartilhava relatos de coragem, aventuras e sacrifícios, pintando um quadro vívido de uma era que se fora. Entre tantas, ele contava uma história de quando decidira viajar a convite de um amigo de infância.

O velho Bob se lembrava como se fosse ontem: ele era jovem e estava com um amigo de infância chamado Gary, filho de um fazendeiro que criava gado em uma pequena propriedade. Bob contou que na época tinha ajudado o pai de Gary com as atividades no rancho por uma semana. Foi uma experiência que mudou a sua vida, tanto que, depois disso, ele decidiu ampliar seus negócios de produção agrícola para a pecuária também.

Mas uma das lembranças de Bob, dessa semana que passara em Crawford, no Colorado, era uma história que o velho pai de Gary tinha contado para eles no final de um dia de trabalho no outono de 1952. O velho contou que muitos anos antes tinha recebido uma mensagem que, segundo ele, era de Deus, em uma noite de inverno.

Ethan ficou atento e muito curioso. Com olhos e ouvidos em alerta, sentado perto da lareira com seu avô, bebendo o bom e velho Whiskey do Tennessee, ouviu Bob contar:

— Ele disse exatamente isso para mim e para Gary, disse que tinha recebido uma mensagem de Deus. Na época, até Gary ficou impressionado com a fala de seu pai, um homem que nunca pisara em uma igreja. Aquilo o surpreendeu muito. Em meio a uma noite gelada, ele estava parado perto da janela de sua casa quando seus olhos se fixaram em uma tênue luz dourada que emergiu das profundezas do celeiro. Os demais moradores da casa dormiam, enquanto ele, tomado por um pressentimento inquietante, decidiu averiguar a origem do fenômeno.

"A hipótese de um incêndio iminente ou de qualquer outro perigo assombrava seus pensamentos. Porém, ao se aproximar com cuidado, a luz se desvaneceu como se nunca houvesse existido, deixando-o apenas com a lamparina nas mãos trêmulas. Mesmo assim, seu espírito destemido o instigou a entrar no celeiro, na esperança de desvendar o mistério que se ocultava em meio à escuridão. Nada de anormal parecia ter acontecido. Ele também verificou os animais e tudo estava em ordem, tudo normal.

"Decidiu, então, retornar para dentro de casa, quando percebeu no chão, bem no meio do celeiro, um envelope. Ele o pegou e levou para dentro rapidamente, pois poderia ser uma pista de algum invasor que passara por ali naquela noite para roubar algo ou fugindo de alguém.

"O velho contou que não pensou em acordar ninguém para mostrar o envelope, seguiu diretamente para seu quarto, onde se sentou, colocou a lamparina sobre a mesinha de cabeceira e o abriu.

"Ele disse que dentro do envelope havia um papel de carta, porém, estava em branco. Mas, de repente, um vento misterioso surgiu e a chama da lamparina se apagou, e ele percebeu um brilho estranho dentro do envelope. Retirou o papel de carta e avistou as palavras brilhando nele, como se estivessem acesas. Conforme ele ia lendo as primeiras linhas, as palavras iam sumindo lentamente, e no dia seguinte tinham desaparecido. Ele disse que a carta falava poucas coisas, mas aquilo mudou a vida dele para sempre. As coisas que ela dizia, o velho pai de Gary não quis contar naquela noite, mas ele afirmava que a carta tinha sido enviada dos céus."

— Nossa, isso aconteceu mesmo com ele? — perguntou Ethan.

— Na época, até o Gary ficou impressionado com a fala de seu pai, que, além de não frequentar a igreja, sempre fora um homem sério, do tipo que não inventa histórias. Mas infelizmente nunca ninguém acreditou muito na história do velho, que faleceu alguns anos depois, e há pouco menos de sete anos meu querido amigo também faleceu. Gary sempre foi um velho cético, nunca acreditou na história e tinha medo de que as pessoas zombassem de seu pai. Ele pediu para eu não comentar isso com ninguém e eu nunca contei, nem mesmo para sua avó, mas acredito que estou velho e essas boas histórias não podem ser apagadas.

Assim a noite findou, na beira do fogo, Ethan com seu avô bebendo e contemplando a chama, a imaginação presa na história recém-contada, que estava povoando sua cabeça e tirando seu sono.

Na manhã seguinte, ele se despediu de sua família no restaurante deles; depois, Adam o levou para o aeroporto e ele voltou para Nova York. Bella o aguardaria em seu apartamento, com um bom café e doces abraços. Em Manhattan, Ethan pegou um táxi para sua casa e a cada minuto sua ansiedade aumentava para ver Bella.

Chegando em casa, antes de tocar na porta, ela se abriu. Era Bella, com a mão na cintura, um lindo sorriso, um brilho no olhar e usando pantufas — as pantufas estranhas de Ethan, que tinham um chapéu de caubói desenhado em cima delas.

— Quero saber como foi lá — ela disse, após abraçá-lo ainda no corredor.

Ethan tomou um rápido banho enquanto Bella preparava a mesa. Já tomando café, ele contou de sua aventura pelo Texas e ela falou sobre a agenda de lançamento do seu livro, avisando que precisaria viajar para Los Angeles nas próximas semanas.

— Você pode vir comigo para Los Angeles? Será que consegue uma folga?

— Infelizmente não posso, Leonard precisa de mim.

Os dois continuaram conversando por um longo tempo, Bella fazendo mil perguntas sobre a viagem de Ethan; ela queria saber, principalmente, se ele tinha contado algo sobre o relacionamento deles para seus pais. Ele confirmou que contara, e a conversa foi para o sofá, onde se estendeu por longas horas durante a tarde toda. E assim o dia terminou e a noite tomou conta da cidade de Nova York como um manto negro; nem uma estrela ou a luz da lua podiam ser vistas naquele céu escuro; apenas algumas luzes de aeronaves cruzavam o céu.

Um novo dia começava, céu limpo, perfeito para um passeio ao livre. Depois de acordar, os dois decidiram fazer um piquenique, um café da manhã no Central Park para aproveitar a linda manhã de sábado.

— Vamos passar lá em casa para eu trocar de roupa? — pediu Bella.

— Claro, podemos passar no Dunkin e pegar alguns donuts também — respondeu Ethan, enquanto abotoava os botões de sua camisa pela segunda vez, pois errara a sequência na primeira.

Foram até a casa de Bella, que ficava a cerca de trinta minutos de caminhada do apartamento de Ethan. Bella trocou de roupa, e juntos foram ao Dunkin, situado logo em frente, garantindo seus donuts antes de irem ao parque.

— Este lugar está ótimo, Ethan! Você vai gostar — exclamou Bella assim que entraram no parque e percorreram alguns poucos metros em direção ao esplendoroso tapete verde, cercado por árvores majestosas e um lago sereno.

— Perfeito. Me dê uma ajuda aqui, Bella — pediu ele, lutando para estender a toalha contra as pequenas rajadas de vento que sopravam.

— Calma, me passe aqui. Olhe bem, vou te ensinar um truque. Fique de costas para a direção de onde o vento sopra e dobre os joelhos enquanto abaixa a toalha, assim você consegue estender mais facilmente.

— Ah... você é genial! Acabou de me salvar! — exclamou Ethan, enquanto Bella o puxava pela camisa e se jogava no gramado, convidando-o a fazer o mesmo. Juntos, deitaram-se ali, olhando para o céu enquanto as nuvens desfilavam diante de seus olhos.

— Bella, onde vão acontecer os eventos da editora?

— Lá na Califórnia, em Los Angeles, haverá uma reunião de fechamento pela manhã e à tarde um evento privado, só para convidados e parceiros da editora, dentro da The Last.

— E aqui, onde vai ser o lançamento?

— Aqui vai ser na próxima semana, na Strand, a princípio. O Alfred vai me confirmar na segunda-feira — respondeu Bella.

E ali ficaram conversando e olhando para uma criança que brincava com um cachorro. Ela jogava um disco e ele corria para pegar e devolver.

Ethan ficou pensando quão simples era aquilo e o quanto ele desejava voltar à infância. Ele se lembrou de quando brincava no celeiro de seu avô com brinquedos de madeira que seu pai fazia.

...

A semana passou. Já com a passagem nas mãos e olhos ansiosos, assim estava Bella nessa sexta-feira, preparada para embarcar.

— Bella, está pronta? — perguntou Alfred, ao lado de sua mala, pronto para embarcar no mesmo voo.

— Estou um pouco nervosa, mas pronta — disse Bella, segurando a mão de Ethan. Este parecia não acreditar que ficaria quatro noites sem vê-la. O coração de Ethan já estava apertado de saudade mesmo antes de o avião partir, algo que nunca sentira por ninguém.

Eles ouviram a última chamada para o embarque.

— Boa viagem! — disse Ethan, em voz baixa, enquanto deu um abraço forte nela. Ele então se despediu dos dois e caminhou para fora do aeroporto em busca de um táxi. Já em casa, ligou para Jason para conversar um pouco, algo que sempre faziam. Ethan comentou com ele que estava confuso sobre sua carreira, sentia que estava parado, que não estava evoluindo como esperava.

Mais do que isso, ele estava se questionando realmente se desejava continuar trabalhando na Odlen Capital, pois sabia que poderia conseguir emprego em outra companhia, mas confessou para Jason que era algo mais profundo do que ele pensava. Agora ele havia conquistado seu espaço em Wall Street, com um salário alto e bonificações que pagariam sua vida em Nova York por mais de um ano.

— Mesmo com tudo isso, está faltando alguma coisa.

— Entendo. Busque o que te faça feliz, meu amigo. Eu nunca pensei que moraria aqui na cidade, estaria trabalhando em café e desenvolvendo meu próprio aplicativo. Eu tinha catorze anos quando minha família se mudou para os Estados Unidos, e lembro que perguntava para o meu pai por que ele tinha abandonado um emprego bom em um banco lá na Croácia. E ele sempre dizia: "Porque às vezes, para sermos felizes, precisamos fazer escolhas e mudanças grandes, seguir o coração".

— Jason, vou pensar em tudo isso e decidir o que vou fazer. Eu ainda nem pude conversar com a Bella, ela está muito envolvida com o lançamento do livro. Vou esperar os eventos terminarem.

— Certo, boa noite. Se precisar me ligue para conversarmos — respondeu o amigo.

— Obrigado, cara, boa noite!

Ethan caminhou até sua mesa, abriu seu computador e começou a pensar em responder à grande questão que estava travando sua vida agora. O telefone tocou novamente; era Bella ligando para avisar que já estava em Los Angeles, no hotel.

Ela contou que, durante o voo, Alfred conversara com ela sobre uma nova proposta. Ethan, por sua vez, disse que ligara para Jason e que estava pensando em desenvolver algo novo, mas ainda não sabia o quê. Eles conversaram por mais alguns minutos e ela desligou. Sentado em sua poltrona, ele olhou para a estante, levantou-se e pegou um livro onde sabia que constava a seguinte frase de Henry Ford: "Quer você ache que pode, quer ache que não, de um jeito ou de outro você está certo".

Após absorver essas palavras, entregou o livro à prateleira, apagou a luz e foi para a cama, repetindo mentalmente a frase. Deitado, ele observou o teto enquanto refletia sobre a frase de Henry Ford em meio ao seu dilema atual. Sentiu um impulso renovador, acreditando que poderia transformar a situação em que se encontrava.

De olhos fixos no teto, Ethan mergulhou em uma profunda reflexão. A cama se tornara seu divã, e a frase de Henry Ford reverberava como um farol em meio à escuridão. A verdade de que as percepções moldam realidades se solidificou, e uma onda de determinação o envolveu em uma espécie de otimismo ainda duvidoso. Mas ele se percebeu capaz de reescrever as páginas de sua vida, sim.

Um novo dia surgiu, mais uma manhã fria na cidade de Nova York. Ethan se encontrava em seu ritual diário de enfrentar o caótico metrô da cidade. Entre uma multidão de rostos desconhecidos, ele se destacava com seu semblante concentrado, imerso nas páginas de um romance que o transportava para mundos distantes. Uma maneira de conseguir fugir dos pensamentos que o importunavam nesses últimos dias. Ele, lendo o livro, mal escutava o rangido do trem e o zumbido das conversas; estava perdido na trama, quase esquecendo o cenário urbano que se desenrolava ao seu redor.

Ethan sentiu um aroma do café recém-moído e torrado envolvê-lo, então guardou o livro e caminhou naquela direção. Era mais uma Starbucks, na Primeira Avenida, um conforto e um refúgio temporário do frio cortante da rua. Do lado de fora, pedestres apressados, táxis amarelos e luzes intermitentes compunham o cenário bonito e caótico, enquanto ele se aprofundava em seu próprio mundo, folheando as páginas do livro que se tornara sua fuga e alívio momentâneo.

Ethan já estava de volta em mais um dia de trabalho, convivendo com seu dilema, enquanto, na Califórnia, do outro lado do país, Bella acordava para um dia especial. Naquele dia, aconteceria o evento em Los Angeles, na The Last.

Em Nova York, Ethan compartilhou com Paul, na hora do almoço, a ideia sobre se desvincular da empresa, ideia essa que já estava em seu pensamento havia alguns meses. Paul, sendo o confidente sensato de Ethan, sugeriu que ele tivesse uma conversa franca com Leonard e propusesse um afastamento temporário. Essa pausa estratégica permitiria a Ethan o espaço necessário para contemplar com clareza suas aspirações e decidir, com serenidade, os rumos que desejava seguir em sua trajetória profissional na Odlen.

O telefone tocou; era uma ligação de Bella.

— Bella, tudo certo por aí?

— Estou no hotel enviando um material para o jornal. Vou tomar banho e depois vou para a livraria. Alfred já está por lá. E por aí? — perguntou ela.

— As coisas vão bem. Estou com algumas ideias, mas conversamos com calma depois.

— Hmm... Ideias, é? Tudo bem! — Ela pareceu desconfiada.

— Vou retornar para o trabalho agora, bom evento para você! Me ligue mais tarde se puder.

— Tá bem, até mais. Beijo!

Os dias passavam rapidamente nos últimos meses na vida de Ethan, diversas coisas aconteciam. Ele encontrara o possível amor da sua vida, e o fato de ela trabalhar escrevendo histórias despertara dentro dele o desejo adormecido de fazer coisas novas às quais a lógica não se aplicava.

Na volta para casa, Ethan e Paul foram a um café encontrar Margot, que estava esperando Paul. Ethan aproveitou para conversar sobre seu dilema com uma expert em dilemas. Ela, assim como Paul, orientou-o a pensar antes de decidir para onde iria a seguir. E ela não se referia a empresas, e sim a caminhos.

— Largar o trabalho para ir na direção do que te faz feliz parece sensacional, a menos que você não saiba o que te faz feliz. Como disse o gato do clássico livro de Lewis Carroll, "para quem não sabe aonde vai, qualquer caminho serve".

De fato, agora ele precisava pensar no seu caminho, fazer um plano e decidir se a jovem escritora que ganhara seu coração estaria nele ou não.

Enquanto Ethan estava com a cabeça presa no futuro, lá na Califórnia, Bella só pensava no presente. O evento de pré-lançamento fora um sucesso. Seu livro, intitulado *Rabiscos em guardanapos parisienses*, agradara muito a todos os presentes, principalmente a linda arte da capa, feita por um dos melhores designers de Nova York.

Bella discursou e fez uma leitura com seu primeiro exemplar impresso nas mãos o tempo todo. Para as poucas pessoas que estavam ali, ficou claro que estavam presenciando o futuro de um potencial best-seller.

...

Nesse novo dia, ela acordou muito feliz, abriu as cortinas do seu quarto e viu o brilho do sol no horizonte. Ela também se sentia brilhante esta manhã. Desceu até o café do hotel; havia poucas pessoas por lá, talvez porque era cedo demais ainda.

Uma mulher estava sentada à mesa da frente, cabelo preso, um lindo casaco verde-escuro. Ela escrevia em um bloquinho de papel e bebia um suco de laranja. Na outra mesa havia um homem com um tablet, parecia estar assistindo alguma coisa, poderia ser o noticiário ou algum filme.

Em alguns minutos foram chegando mais e mais pessoas. Bella já tinha tomado seu café, mas estava esperando por Alfred, que marcara de encontrá-la ali. Eles teriam uma reunião para acertar os detalhes do lançamento em Nova York.

Até que enfim! Alfred chegou, pegou um espresso e se sentou junto dela. Ele já deixara tudo certo com a The Strand, e dali a uma semana aconteceria o evento. Bella ficou feliz com a notícia, mas não parava por aí. Ele contou também que Richard, da editora, queria marcar uma reunião para debater uma nova proposta de livro que eles buscavam e que talvez ela fosse a pessoa ideal para escrever.

Ela subiu para o quarto e ligou para Ethan a fim de contar as notícias e, claro, para dizer que estava com saudade.

Em Nova York estava um pouco nublado, não apenas no céu, porque a NYSE, a bolsa de valores, abrira o dia despencando como nunca havia acontecido nesse ano. Ethan acordara pensando em conversar com Leonard sobre suas ideias e aflições, mas pelo visto não haveria clima. O dia estava um caos.

Em Los Angeles, as coisas ainda estavam em andamento. Bella foi até um café para trabalhar, e Ethan já estava indo para casa. Dentro do metrô, ele se sentou, olhou para o chão e apanhou um pequeno cartão com alguma coisa escrita nele:

"A vida é igual a uma ação da bolsa de valores: às vezes está em alta, às vezes está em baixa. Ela não é previsível, as diversas variáveis ao redor mudam o seu rumo, seu gráfico não respeita tendências e não há espaço para análises preditivas. Sempre é comprada no boato e vendida no fato, é imperfeita, mas incrível, é movida pelo medo e pela esperança ao mesmo tempo. Assim é a vida; como no mercado, nela, a mão invisível também age e o seu gráfico é como um sismógrafo que registra os batimentos do coração de todos ao mesmo tempo."

Ethan ficou curioso para saber quem escrevera aquele texto, mas o cartão estava sem nenhuma outra informação, não era destinado a ninguém, não era de alguma marca, continha somente esse texto e, no final dele, duas letras assinadas no canto inferior direito, *AG*. Ele nunca descobriu quem escreveu, mas aquilo soava como uma mensagem direta para ele, dizendo-lhe que não se pode saber o futuro ou muito menos controlá-lo. Foi uma espécie de luz para o pensamento confuso de Ethan, pois parecia que agora ele entendia que não precisava ficar aflito pelo que viria acontecer com sua carreira; apenas deveria seguir seu coração.

Do outro lado do país, Bella sabia muito bem fazer isso: agia como uma esportista predestinada ao sucesso, pois a dedicação colocada e seus planos estavam rendendo muito mais do que ela esperava em suas melhores hipóteses.

Pronta para finalizar seu dia de trabalho, ela retornou para o hotel, pois tinha ainda que fazer sua mala; viajaria de volta para Nova York no outro dia pela manhã, com o sentimento de missão cumprida em solo californiano.

A vida parecia estar ficando mais clara, tanto para Ethan quanto para Bella. Ele, quando viera do Texas para a *Big Apple*, pensava que chegaria no ponto alto da vida, mas percebia que nem estava perto disso. Bella, por sua vez, sempre soubera que nos Estados Unidos poderia explorar sua carreira como autora de outra maneira e nunca duvidara de seu potencial; sua autoconfiança sempre fora inabalável. Era fácil perceber que os dois eram bem diferentes, suas origens eram bem opostas, algumas convicções políticas, mas algo os fizera encontrarem um no outro a parte que faltava em si.

Bella estava retornando para Nova York nessa manhã, e Alfred permanecera em Los Angeles para definir mais algumas questões contratuais. Enquanto isso, Ethan conversava com Leonard sobre o assunto que vinha adiando. Ao contrário do que Ethan pensava, ele entendeu bem a grande aflição pela qual o jovem estava passando, e lhe contou uma história, a sua própria.

Disse Leonard que quando jovem trabalhara no banco JP Morgan. Tinha começado lá bem cedo, como estagiário do banco, e depois foi subindo. Um dia teve nas mãos a oportunidade de assumir a gerência e a agarrou, nem pensou duas vezes. Tudo ia bem e ele estava muito feliz, mas meses depois percebeu que algo lhe faltava e não sabia o que era; era um enorme vazio. Até que um dia retornou à casa da sua mãe e encontrou em seu antigo quarto um pequeno baú. Dentro dele havia um diário seu, de cuja existência ele nem se lembrava mais.

Foi então que resolveu folhear algumas páginas e rever as escritas de um jovem idealista que não gostava de usar sapatos, apenas o seu Air Jordan. Foi então que descobriu uma coisa da qual nem lembrava mais: um dia ele tinha escrito um desejo para o futuro, aquilo que tinha desenhado como uma meta. Lá estava escrito que ele iria ser jogador de basquete profissional. Ele se deu conta de que havia abandonado esse sonho para trilhar um caminho diferente, o das finanças, e mergulhara num mundo do qual nunca tinha se visto fazendo parte.

Uma parte sua ainda pensava: por que não seguira seu sonho, por que não buscara o que realmente queria? Ele confessou a Ethan que tinha sido por um motivo: medo de fracassar.

Porém, ele percebia que deixar algo para trás por medo de fracassar era o caminho mais curto para o fracasso, um sinal de que você já estava fracassando. Ethan ficou comovido com as palavras de Leonard; não imaginava que por trás daquele homem que aparentava ser um poço de segurança existisse alguém que se julgaria um fracassado na realização de seus sonhos.

Aquilo fez Ethan ver Leonard melhor, até que, dois dias depois, escutou acidentalmente uma conversa entre Leonard e Henry. Essa conversa deixou Ethan desiludido:

ele descobriu que Henry e Leonard desviavam dinheiro da empresa.

No final da semana, Ethan encerrou sua jornada na Odlen, enquanto Bella retornava de Los Angeles, pronta para seu lançamento em Nova York. Ambos seguiam caminhos distintos, mas suas trajetórias permaneciam entrelaçadas, cada um refletindo sobre o que o futuro lhes reservava.

CAPÍTULO VI

Era o grande dia! Tudo já estava pronto na livraria. Alfred, como sempre muito atencioso, gostava de coordenar tudo de perto, juntamente com a equipe de eventos contratada, olhando cada detalhe pessoalmente.

Bella estava em casa, junto com Ethan. O telefone tocou e ela atendeu.

— Alô! Quem está falando?

— Bella! Sou eu, Noel. Lembra de mim?

— Nossa, não acredito. Como você está? Está ligando da Inglaterra?

Noel era um velho amigo da universidade. Ele tinha sido um dos grandes incentivadores para Bella escrever seu primeiro livro na época.

— Eu estou bem, muito bem! Agora estou aqui na cidade — respondeu ele.

— Qual cidade? — perguntou ela, sem entender muito bem.

— Aqui em Nova York... Vim para um treinamento e ví um cartaz com seu rosto em uma esquina aqui perto do meu hotel.

— Não acredito... Você vai ao meu lançamento? — perguntou ela, com os olhos transbordando alegria.

— Já que estou aqui, vou sim. Quero muito revê-la.

— Nos vemos daqui a pouco, querido!

O coração ansioso de Bella estava um pouco mais feliz agora por saber que, apesar de sua família não poder estar presente, alguém que fazia parte de seu passado estaria lá para prestigiá-la.

Enquanto ela terminava de se arrumar antes de saírem para a livraria, Alfred ligou para Bella, avisando que estava tudo pronto, que a imprensa já estava lá e que os convidados estavam chegando. O evento ocorreria no terceiro andar da livraria, que havia sido especialmente fechado para a ocasião.

Os dois então seguiram para o local. No táxi, Bella ajustava as anotações de seu discurso.

— O que vamos fazer depois do evento, você sabe? — perguntou Ethan.

— Vamos sair para comer algo! E vou convidar Noel, que está na cidade, e Beatriz, a minha amiga jornalista que trabalha no *Times*.

E então chegou o momento: todos lá, pessoas selecionadas, imprensa, amigos do jornal, da editora, seu velho amigo e seu namorado. Bella abriu o evento com um videodocumentário que retratava as dores de dar à luz o seu livro, o que ela fazia quando as palavras fugiam de seus dedos.

O vídeo terminou e ela leu um trecho do livro na sequência, sem dizer nada. As palavras circularam suavemente pela sala e batiam forte no coração de quem estava escutando.

Alfred assumiu o microfone e dissertou sobre o livro e o que o leitor poderia esperar dele. Ele falou sobre Bella com elogios e palavras de satisfação pelo momento.

E, então, com um pequeno papel nas mãos, ela falou de novo para o público pequeno, porém, importante. Ethan estava ali, olhando para ela com fascinação e orgulho. Ele ainda não tinha visto a escritora Bella com sua face real, debruçada sobre as palavras e orquestrando emoções.

Na fileira de trás estava Noel, que só pensava uma coisa: *ela é incrível e está muito linda com esse vestido azul!*

Bella terminou seu discurso, Alfred caminhou até ela, que lhe entregou um exemplar com uma carinhosa dedicatória. Depois, ela foi até Ethan e entregou um exemplar também. Em êxtase, emocionado, ele pegou o livro e a abraçou. Os fotógrafos registraram aquele momento, que seria lembrado um dia.

Os garçons serviam bebidas e Bella conversava com alguns convidados até se encaminhar para o lugar onde estava Noel. Ela lhe entregou um livro também, com dedicatória. Aproveitou e o apresentou para Ethan, ficou alguns minutos com eles e depois se dirigiu até a mesa de autógrafos.

— Então você é do Brasil? — perguntou Ethan.

— Sim! Eu sou, sim, mas moro há muito tempo em Londres. Fui para lá para estudar e nunca mais voltei para meu país.

Na mesa, enquanto autografava livros, Bella observava de longe os dois conversando e tomando drinques. O dia estava sendo muito mais especial do que ela poderia imaginar. A conversa continuou em um ritmo bom. Ethan, muito curioso, perguntou a Noel:

— Você é de São Paulo? Rio de Janeiro?

— Não, eu sou da cidade de Santa Maria, no Sul do Brasil.

— E o que você faz agora? — Ethan quis saber.

— Trabalho como redator em uma agência de publicidade em Londres — explicou Noel, sorrindo. — Mas comecei minha carreira como nômade digital, viajando e escrevendo.

— Fascinante! — exclamou Ethan, interessado. — E como foi essa transição para o mercado publicitário?

— Foi um processo natural — disse Noel. — Descobri uma oportunidade e agarrei, e agora estou aqui, desenvolvendo campanhas para a McCann.

Lá na frente, nesse momento, Bella se colocou à disposição da imprensa e dos demais convidados para responder uma série de perguntas.

Sua amiga Beatriz levantou a mão e fez a primeira pergunta para ela.

— O livro é uma história de amor que começa antes de os dois personagens se encontrarem pessoalmente, basicamente um amor antes da primeira vista, certo?

— Sim, pode ser exatamente isso — respondeu Bella.

— Eu gostaria de saber se essa história é autobiográfica. Você vivenciou isso? Ou alguma parte da cena em específico? — indagou Beatriz.

— Bem, admito que algumas cenas cotidianas foram experiências minhas, mas a maioria não vivi exatamente. A história foi inspirada em algo vivido por uma colega de quarto que eu tive em Oxford. Ela passou por situações parecidas em um período da sua vida — contou Bella.

E assim seguiu o dia. Bella respondeu a mais algumas perguntas, fez leituras de trechos de seu livro e Ethan fez companhia para Noel. Os garçons contratados serviram um maravilhoso vinho italiano para os convidados, especialmente encomendado por Alfred para o evento. Bella pegou uma taça e se juntou a Ethan. Apresentou a eles sua amiga Beatriz.

Os quatro fugiram para os andares de baixo para ver os livros, desceram para o segundo, depois o primeiro e chegaram até o subsolo.

Sim! Existia um subsolo com livros mais baratos e alguns outros artigos à venda. Eles ficaram encantados com a diversidade histórica; livros velhos, totalmente diferentes dos demais andares, principalmente do terceiro. Aquilo parecia um grande sebo.

Beatriz contou que já tinha estado ali quando criança, com seu falecido pai. Ela disse que sempre ia até a livraria e ficava lá por horas, na maioria das vezes sem comprar nada.

Ethan nunca tinha visto tantos livros em um mesmo lugar. Aquilo era uma coisa que ele não imaginava. Noel também ficou maravilhado, puxou um bloco do bolso e começou a escrever palavras para descrever como se sentia. Ele era assim; poesias brotavam do meio de anotações sem rima.

Então, o grupo retornou para o local do evento, onde Bella discursou mais uma vez, agradecendo a presença de todos, e assim a reunião terminou. Ethan sugeriu que eles deveriam sair para ficar um pouco mais juntos. Ele estava interessado em conversar mais com Noel e ainda era cedo para irem embora, principalmente nesse dia especial para Bella.

Beatriz achou que a sugestão de Ethan era boa e todos concordaram. Assim, seguiram para um café próximo à livraria. Os três seguiram na frente enquanto Bella permaneceu na livraria para falar com Alfred algumas coisas sobre o evento.

Beatriz perguntou a Ethan como era a vida de um texano em Nova York.

— Aqui não tem tantas caminhonetes quanto lá, muito menos armas, mas encontramos boas churrascarias, então ainda dá para ser feliz.

Todos riram com sua resposta aparentemente sincera, bem típica de um republicano numa mesa de democratas. Enfim, chegou Bella, com um sorriso incandescente no rosto que iluminava tudo ao redor. Todos na mesa se levantaram e aplaudiram.

Agora sim, sentada junto deles, o sentimento da jovem escritora era de pura leveza, pois tudo tinha saído conforme o planejado.

— Estou com fome! Quero um cappuccino e um grande croissant... — disse ela, com a voracidade de alguém que não tivera muito tempo para comer nas últimas horas.

Noel então contou a Bella que antes de ir morar em Londres se aventurara como nômade digital. Isso o fascinava e ele quer saber mais.

— Então, logo que você veio para os Estados Unidos, decidi viajar para o Brasil e lá fiquei por seis meses. Conheci então uma empresa, através de um amigo, uma startup na verdade, que desenvolve softwares para automação de casas inteligentes. Eu percebi que lá existe uma tendência no mercado de investimento em marketing digital; lá essa área é forte, e eu vi uma onda de nomadismo digital crescer. Descobri que várias pessoas estavam embarcando para a Europa para trabalhar enquanto viajavam por lá.

Todos estavam em silêncio, atentos à história.

— Foi aí que decidi arriscar!

— Mas o que você fez? Eu ainda não entendi muito bem. Você começou a viajar? — Ethan quis saber.

— Eu vou explicar. A necessidade de design e produção de vídeos é muito grande nesse mercado, Ethan, e foi aí que eu entrei. Virei roteirista para campanhas de marketing.

— Isso lá no Brasil? — perguntou Bella.

— Sim, no Brasil, mas por seis meses, depois voltei para Londres para minha casa e de lá fui para a Suíça.

— Que incrível! Tudo isso é muito interessante, Noel — comentou Bella.

— Já temos uma ideia de documentário para fazer disso — comentou Beatriz, rindo, com a taça de vinho na mão, olhando para Bella.

Ethan ficou fascinado com a história de Noel, sua coragem de se aventurar. Ele ficou refletindo sobre o que buscava, e talvez a resposta fosse isso, liberdade geográfica. Todos seguiram conversando e sorrindo, com várias perguntas para Noel. Ethan, porém, já estava longe, perdido em seus pensamentos, e nem ouvia mais nada.

Ele precisava decidir alguma direção antes de conversar com Bella. Não queria ser um cara maluco e dizer que desejava largar tudo sem saber o que fazer depois. Ele precisava ter essa resposta na ponta da língua.

— O que você faria, Ethan? — perguntou Bella.

— Desculpa, eu não ouvi; estava distante.

— Falamos tanto de viagens que ele viajou nos próprios pensamentos.

A noite deles chegou ao fim. Noel se despediu do grupo, pois precisava voltar para Londres no dia seguinte cedo; já estava indo para o Brooklyn, onde estava hospedado.

Beatriz também precisava ir. Ela morava em Port Morris, no Bronx. O ex-marido a esperava em casa com seu filho, John, de quatro anos. Antes de sair, ela abraçou

Bella e convidou o casal para jantar qualquer dia desses e conhecer o pequeno John. Ethan e Bella pegaram um táxi e foram para casa de Bella; ela o convidou para subir, mas ele disse que não estava se sentindo muito disposto e só queria dormir. Ela ficou um pouco preocupada, mas entendeu bem, beijou-o e se despediu. Mas ele desceu do táxi.

— Por que você desceu aqui, Ethan? Poderia ter seguido de carro.

— Verdade! Mas não é tão longe e eu gosto de caminhar, sempre gostei. Me ajuda a pensar.

Bella achou estranho, pois alguém cansado não escolheria caminhar. Porém, não disse nada, apenas um até mais. Ele seguiu pelas calçadas, e sob as luzes que o rodeavam avistou uma limusine estacionada; não fazia ideia de quem estava lá dentro, mas poderia ser alguém importante, quem sabe um cantor famoso.

Mais um pouco à frente ele avistou um morador de rua deitado próximo às escadarias... Ele tinha uma cartolina escorada na parede ao seu lado posta no chão, com grandes letras pretas e levemente inclinadas. Trazia escrita a seguinte frase:

"Na vida sempre há tempo de recomeçar, pois o tempo é uma ilusão, o passado está no presente segundo, que antecede o agora, e o amanhã não existe".

Aquilo, apesar de não fazer muito sentido, fez Ethan, a cada passo, pensar enquanto caminhava até sua casa. Foram poucos minutos de reflexão, mas, para Ethan, pareceu durar horas.

O que vibrava dentro de sua cabeça era a ideia de que talvez as variadas escolhas que ele tinha feito para sua vida com tanta convicção se devessem ao fato de a amplitude de seu conhecimento ser limitada pela sua realidade local. Agora, após ampliar suas fronteiras do saber, uma reconfiguração de sentimentos sobre o futuro causara essa inquietude e o desejo profundo da mudança crescera dentro de si.

O que parecia assustador alguns anos antes agora ele entendia que fazia parte da natureza e da beleza da vida. Tudo bem mudar, porque, como estava escrito na pequena cartolina suja apoiada no chão dizia, sempre há tempo de recomeçar. Era só ter coragem e fazer.

CAPÍTULO VII

Inspirado por Noel, Ethan acreditava que chegara a resposta do dilema que o perturbava. O tempo passou, sua última semana na Odlen terminou e ele ainda não conversara com Bella sobre isso, mas precisava. Antes, porém, decidiu falar com duas pessoas especiais, Jason e Margot.

Na sexta-feira, às 19h45, o ponto escolhido para o encontro foi o glamuroso The Back Room, um bar secreto que ficava em porão, sobrevivente da era da proibição de álcool, nos anos 1920.

Paul e Bella não estariam presentes; o encontro seria apenas para os três. Ambos sabiam muito bem que a amizade deles era algo diferente e não se importavam em ficar de fora desse encontro. Ethan tirou do coração suas mais sinceras palavras para os dois, que escutaram atentamente e o apoiaram a seguir.

— Meu pai perseguiu um sonho e assim chegou aqui neste país.

— Eu sei, Jason! Mas essas decisões são complicadas, não sei como Bella vai lidar com minhas escolhas. Posso parecer um cara imprudente e ela pode perder a confiança em mim.

— Calma, Ethan! Ela vai entender, eu sei — disse Margot.

Conversaram por mais algumas horas, enquanto no pequeno palco acontecia um show temático. Também havia um pianista tocando jazz; era como voltar no tempo. A conversa ficou mais fácil nesse ambiente, onde o tempo parecia desalinhado com o que Ethan vivia. Ele se sentiu mais confiante depois de conversar com eles, e agora sabia que não devia temer.

Eis que seu celular começou a tocar em cima da mesa; era o seu despertador.

— Olha só, isto é um sinal — disse Jason. — Você precisa ACORDAR!

— Sim... preciso! E o sinal é que meu tempo acabou, preciso ir embora, vou para casa, preciso descansar. — Ethan pegou seu casaco, pendurado nas costas da cadeira.

— Eu também vou indo, já está tarde. — Margot também se levantou da mesa.

Eles se despediram do lado de fora do bar. Margot pegou um táxi, seguida por Jason. Ethan, por sua vez, decidiu caminhar para casa, aproveitando a noite tranquila de Nova York.

No caminho, ele olhou para o céu e procurou alguma estrela, mas não encontrou. Isso o fez lembrar de quando morava no Texas, das noites sob o céu estrelado e com horizontes largos. Ele buscava sentir isso novamente, ver as estrelas e descobrir o que existe quando seus olhos vão um pouco além de onde a lua nasce.

Chegando em casa, pegou sua velha máquina de escrever e com ela registrou tudo que desejava; precisava colocar para fora suas ideias e esperava que isso o ajudasse a perceber o que de fato era essencial nessa possível mudança de direção. E assim ele fez... escreveu, escreveu, escreveu um pouco mais, depois se levantou e foi para a cama sem ler nada. Olhou para o teto, as luzes se apagaram e ele adormeceu rapidamente, pois sua cabeça estava exausta de tanto pensar. De repente, o som de uma sirene passando na rua o acordou. Eram 5h45 e ele resolveu levantar.

Vestiu seu roupão azul e caminhou até a cozinha, ainda com um pouco de sono, preparou um café e foi até a janela. Abriu as cortinas; o céu estava nublado. Foi até a sua mesa e começou a ler as coisas que tinha escrito na noite anterior. A primeira palavra era "Paris", grifada bem forte com um lápis, e a segunda, "Potosí" — ele escreveu que gostaria de conhecer a cidade boliviana, que fica na Cordilheira dos Andes, cidade sobre a qual havia lido muitos anos antes em algum dos livros de Eduardo Galeano.

O que não ficou explicado foi por que "Paris" estava escrita e grifada. A outra coisa que dizia logo em seguida era que sentia saudade da época em que era criança na fazenda de seus avós no Texas. E, sobre o futuro, estava escrito que desejava trocar seu campo de batalha atual.

Desde que conhecera a jovem Bella, percebera que é preciso fazer coisas que perduram, que sejam úteis e que inspiram. Daí ele se deu conta de que nada do que estava fazendo alcançava isso. Mas, ao mesmo tempo, não gostaria de deixar todo o empenho e dedicação que tivera nessa área pelos últimos meses. E parou; nada mais estava escrito. Isso o que o deixou pensativo, pois sentia que havia escrito muitas coisas e diversos sonhos, mas não, não havia sonhos, apenas insatisfações, frases sem sentido. Coisas que até não provocavam mal-estar em Ethan mais do que aquela meia página em branco e todas as outras subsequentes a ela.

Como podia ser? Não saber o que buscava e, pior de tudo, não saber onde estava.

Foi então que ele parou e se viu naquele exato momento e achou uma coisa que poderia fazer: agir. Ele queria trabalhar em outra coisa, talvez produzindo algo e não apenas analisando, talvez escrevendo para a área financeira. Ele se perguntou como não tinha pensado nisso antes.

Não era algo longe da realidade dele. Seu ex-professor, Michael Brandt, fora analista financeiro no *Financial Times* por muitos anos. Bella era uma escritora, as palavras o rodeavam, pelas pessoas, pelos livros, pelos pensamentos profundos que sempre tinha em qualquer lugar. Mas ele estava sem ver, preso atrás de uma parede de números e gráficos.

— Agora sim! — disse ele, rindo, enquanto vestia a calça para sair. Ele precisava parar de adiar, tinha que falar com Bella.

Vestiu-se com pressa, até calçou meias de cores diferentes, e foi caminhando até a casa de Bella. Chegando lá, interfonou para o apartamento. Ela abriu a porta, usando uma calça jeans e uma camisa vermelha de bolinhas.

— Ethan, o que está fazendo aqui tão cedo? — perguntou ela, segurando uma escova de dentes.

Ele travou por dez segundos e então respondeu:

— Oi, precisei vir até aqui para conversarmos. É algo que queria que você soubesse logo e não poderia dizer por telefone.

Foi nesse momento que o tom da conversa mudou um pouco e ficou sério. Ela nem sabia do que se tratava, mas não estava gostando da cara de Ethan parado na porta com as mãos no bolso.

— Claro, vamos sentar. Me diga, Ethan, o que é?

Ele percebeu a tensão no ar.

— Nada trágico, tomei algumas decisões nos últimos dias e não compartilhei com você, vim aqui para isso, na verdade.

— Mas por que não, Ethan? — Bella questionou.

— Eu não queria tirar seu foco do lançamento do livro.

— Entendo você. Mas, por favor, me conte agora. — Ela serviu um café para ele.

— Decidi mudar os rumos da minha vida. Pedi meu desligamento da Odlen.

Ela reagiu espantada e soltou a xícara na mesa.

— Tudo bem... Acho um pouco radical demais, mas já passei por situações semelhantes, então compreendo. Mas o que vai fazer agora, Ethan? Você tem um plano? — ela perguntou, curiosa.

— Financeiramente estou bem, investi em algumas coisas e fiz uma reserva de emergência razoável, o que já me rendeu o suficiente para me manter na cidade por um bom tempo.

Interessada no assunto, ela puxou um banco da bancada e se sentou para tentar entender melhor Ethan. Aquilo ainda parecia uma espécie de inconsequência planejada.

— E depois? O que pretende fazer então?

— Estou considerando direcionar minha carreira para a área de análise de mercado, talvez escrevendo para alguma newsletter. Acredito que posso me dar bem.

— Acho isso bom.

Ethan refletiu por alguns segundos olhando para o teto, depois continuo.

— Sabe, Bella, pensei sobre isso também. Depois de um período sabático talvez, quero focar minha carreira nessa área. Estou aqui porque precisamos estar alinhados em nosso relacionamento, para saber para onde vamos. Entende?

Ela assegurou a ele, em um tom mais calmo:

— Entendo. Primeiro, ainda não decidi se vou sair de Nova York, mas não vou impedir você. Por enquanto, adianto que ficarei aqui.

— Bella, eu amo você. Mas algo está me fazendo duvidar até se Nova York é o lugar certo para mim. Eu não sei mais se aqui é o meu lugar.

— Ethan, me escute. Não importa o que decida, nada mudará o que sinto por você, nada mudará o que temos. Você entende? — Ela segurou suas mãos e o olhou nos olhos.

Mesmo assim, ele sabia que sua relação com Bella podia estar comprometida. Então, se era para mudar, ele precisava acertar em suas escolhas ou poderia perder a mulher de sua vida.

Eles decidiram sair para caminhar na cidade, como costumavam fazer nos primeiros dias de namoro. Andaram por cerca de dez minutos até a Starbucks que havia ali próximo, na Lexington com a rua 96.

Entre risos e lembranças, eles pediram seus cafés favoritos e se acomodaram. A conversa, agora mais leve, continuou, explorando suas visões para o futuro e compartilhando sonhos que tinham individualmente. No retorno ao apartamento de Bella, eles compartilharam um silêncio confortável, apreciando a presença um do outro. O futuro permanecia incerto, mas a conexão que tinham era a âncora que os sustentava. Juntos, decidiram viver o presente e enfrentar o que viesse, sabendo que a verdadeira força de seu relacionamento residia na capacidade de se adaptarem e crescerem juntos.

Após o almoço, Ethan e Bella decidiram explorar o Brooklyn, visitando um café peculiar com uma fachada vibrante. O local, repleto de livros e obras de arte, oferecia um refúgio acolhedor, onde podiam continuar a conversa e desfrutar da atmosfera única do bairro. A fachada do estabelecimento exibia grafites vibrantes. O interior era aconchegante, com mesas de madeira desgastada e janelas altas que deixavam a luz do sol dançar no ambiente. Uma estante repleta de livros antigos conferia um toque nostálgico ao local.

Escolheram uma mesa próxima à janela, onde podiam observar a vida movimentada nas ruas do Brooklyn. As paredes exibiam obras de artistas locais, complementando o espírito vibrante do bairro. Entre risadas, Ethan comentou:

— Você já pensou que esse lugar poderia ser uma boa inspiração?

— Com certeza. Cada esquina conta uma história. Quem sabe o que poderíamos criar aqui?

Naquele café no Brooklyn, Ethan e Bella encontraram um refúgio para celebrar o presente e sonhar com o futuro. Decidiram depois explorar mais o bairro, indo ao Museu do Brooklyn, um dos maiores e mais antigos museus de arte do mundo. Para finalizar, caminharam pelas ruas de paralelepípedos de Dumbo.

E então retornaram a Manhattan. Juntos, embarcaram no metrô até o Upper East Side. Ao chegarem à estação próxima à casa de Bella, caminharam o restante do percurso. Ethan gostava de andar e a noite estava chegando, o clima era ameno. Ele a deixou em casa e depois seguiu até a rua 109 para chegar em casa.

Ao retornar ao seu apartamento, Ethan sentiu a necessidade de escutar alguma coisa e relaxar em sua poltrona, e escolheu Chris Stapleton para acompanhá-lo. Com a melodia envolvente preenchendo o ambiente, Ethan deslizou um Single Malt do armário. Enquanto servia, um suave aroma de carvalho podia ser sentido sutilmente. Com a bebida nas mãos, ele se acomodou em frente à janela, observando as luzes de Manhattan.

As notas das músicas pareciam ressoar com a saudade que ele guardava de suas noites sob o céu estrelado do Texas. A cada faixa, memórias do rancho, de seus pais, surgiam em sua mente. A saudade de sua terra natal mais uma vez o envolvia como um abraço nostálgico em mais uma noite sem estrelas na cidade de Nova York.

CAPÍTULO VIII

O mês passou rapidamente. Ethan equilibrou seus estudos na universidade com a busca por oportunidades de emprego na área de análise de mercado, explorando cafés e participando de eventos acadêmicos. Também estava imerso em seus planos de mudança, vendo cada dia como uma contagem regressiva para o próximo capítulo de sua vida. Enquanto isso, Bella estava ocupada organizando sua viagem de volta a Los Angeles, uma pausa necessária antes de enfrentar a agitação do lançamento do livro.

Surpreendentemente animado com a ideia de viajar, ele viu a oportunidade de aproveitar o tempo em Los Angeles para explorar a cidade, conhecer pessoas e quem sabe encontrar novas inspirações para seus próximos passos profissionais.

Eles decidiram juntos que queriam acampar lá, em algum lugar das *high sierras* californianas. Era algo que ainda não tinham tido a oportunidade de fazer juntos.

Enquanto o sol descia no horizonte, tingindo o céu de laranja, Ethan e Bella preparavam-se para a viagem. No apartamento dele, ambos estavam com as malas feitas, prontos para embarcar na jornada para a Califórnia.

Chegada a hora, Ethan estava ansioso, muito, na verdade, porque nunca viajara para Califórnia e nem pensara que um dia iria. Malas no táxi, mais quarenta e oito minutos e eles chegariam ao destino, o aeroporto JFK, para embarcar no que seria sua primeira viagem ao lado de Bella. Na ida passaram pelo Flushing Meadows, uma grande área verde que fica no Queens.

— Quando cheguei em Nova York, eu morava aqui perto, Ethan. Beatriz alugava um apartamento por aqui também. Nós vínhamos juntas fazer piqueniques e brincar com o Buddy, o cão dela.

— Eu nunca vim aqui... parece um bom lugar mesmo. É bem grande.

— Tem um café. Quando voltarmos podemos ir, ok?

— Ok! — Ethan estava com o pensamento longe, imaginando como poderia deixar essa linda e adorável pessoa. Como podia cogitar essa possibilidade?

Chegaram ao JFK e esperaram pelo voo, que sairia em duas horas, e não havia melhor lugar para isso que a Starbucks, claro. E lá estavam eles, Bella com um livro nas mãos e seus fones de ouvido, Ethan com seu computador, planejando o acampamento.

O tempo passou rapidamente, como se tivesse sido acelerado, e a espera terminou; chegou o momento de embarcar. Lá foram eles cruzar os Estados Unidos, perseguindo o sol que havia se posto.

Enquanto estavam no avião, um pouco antes de desembarcarem em Los Angeles, eles perceberam que havia um homem muito estranho no assento ao lado. Ele estava com um chapéu pequeno de palha, uma camisa florida e usava óculos sem lentes. E ele não quisera reclinar o acento, mas estava aparentemente dormindo, murmurando algumas palavras em uma língua estranha.

E assim o cara ficou o voo todo, até o momento de desembarcar, quando abriu os olhos e tirou os óculos.

Bella não parava de pensar no homem e rir sozinha mesmo depois de sair do avião. Foi uma das coisas mais estranhas que ela já tinha visto dentro de um voo. Enfim, Califórnia, ali estavam eles, do outro lado do país, na cidade dos anjos. Onde os sonhos podem se tornar realidade ou a realidade pode se tornar um pesadelo.

Pegaram um táxi e foram para um hotel próximo, onde Bella reservara um quarto no dia anterior à viagem.

Tudo que eles desejavam era um banho e uma boa noite de sono. Apesar de ainda ser cedo na Califórnia, seus relógios biológicos estavam ajustados com a costa leste.

— Olha esse céu... — disse Ethan, olhando para janela, de onde avistava nuvens cinzentas e brancas com um céu ao fundo laranja pelo pôr do sol, que acabara de acontecer.

— Lindo, cada final de dia é como se Deus pintasse quadros com tinta a óleo no céu. Seja bem-vindo à Califórnia!

Depois do banho, pediram comida no quarto e se deitaram para dormir. No dia seguinte, o evento de Bella seria de manhã.

Bella pegou no sono rápido, Ethan não. Lá estava ele novamente refletindo, olhando para o teto, onde fracas luzes se movimentavam, reflexos de carros que cruzavam a avenida perto do hotel.

Ele só pensava onde estava e o que estava fazendo ali, sem trabalho, viajando com sua namorada. Mesmo sabendo que dinheiro não lhe faltava, ele se sentia estranho, pois via Bella tão ativa, cada vez mais, e enquanto isso se via cada vez mais o oposto.

O sentimento de não estar somando para o mundo de alguma forma lhe tomava por inteiro, fazendo-o perceber que precisava muito mais do que suprir seus sonhos de sair por aí e conhecer o mundo; precisava ser útil e entregar algo para o mundo. Precisava sentir-se importante.

Em meio aos pensamentos que o sacudiam mais uma vez, acabou pegando no sono e tudo se aquietou em sua cabeça cansada, cheia de sonhos, mas ainda confusa com a vida.

O dia amanheceu. Ethan acordou e percebeu que Bella não estava na cama. Ela acordara mais cedo e pedira para trazerem o café para eles tomarem no quarto, pois queria fazer uma surpresa para Ethan.

Quando ele saiu da cama, lá estava ela, linda como sempre, vestindo uma camisola branca de seda, parada em frente à janela e ao lado de uma grande bandeja com muitas frutas, pães e outras coisas para um bom café. Ele precisava de momentos assim, sua cabeça estava tão pesada nas últimas semanas lá em Nova York. Mas, pela primeira vez, sentia-se leve, como se não fosse necessário pensar em outra coisa, apenas estar ali, viver aquele momento.

Após o delicioso café, já estavam quase prontos para ir ao evento de literatura que ocorreria dali a poucas horas, evento para o qual Bella fora convidada para falar sobre seu livro. Ethan olhou para seu relógio de pulso e percebeu que não o ajustara para o fuso horário local.

— Estava pensando que o meu relógio estava com a pilha fraca ou desligado, mas percebi que o desligado aqui sou eu — disse ele, rindo.

Bella riu também, enquanto escovava os dentes. Prontos! E lá foram eles. O evento ocorreria na Barnes & Noble, um dos lugares mais mágicos para quem gosta de livros em Los Angeles.

Chegando lá, Ethan entrou por uma das portas duplas. Na sua frente havia muitos livros, pessoas e escadas rolantes, mas o que chamava a atenção era o piso branco igual ao do restaurante de sua mãe, que se mesclava com partes de uma carpete cinza que, por sua vez, era igual ao da casa de seu avô.

Sem falar nada disso para Bella, ele segurou a mão dela e disse:

— Sabe que existe algo aqui que me faz sentir em casa? — Ela sorriu e os dois seguiram em direção a uma grande escada à direita da entrada. Escada essa que levava para o café, e lá descobriram que havia brownie de chocolate, que Bella adorava.

Bella então seguiu para o local onde os organizadores do evento se encontravam, antes do início. Já Ethan caminhou para explorar o lugar, e seus olhos se perderam naquelas prateleiras de madeira de diversas formas espalhadas por todos os lados.

E assim a manhã seguiu seu percurso normal, com Bella falando sobre seu livro para um pequeno público seleto.

— A missão está cumprida! — disse Bella, aproximando-se de Ethan após o término do evento, que durou cerca de duas horas. — Vamos sair daqui logo!

— Sim... mas para onde vamos? — perguntou Ethan para ela, que já o puxava pelo braço na direção da saída. Ela não disse nada, levou-o para dentro de um táxi e orientou o motorista:

— Vamos para 909 Ocean Front Walk A.

Ethan achou estranho, mas confiou nela; Bella adorava fazer mistério, e ele se deixava levar. O carro chegou ao destino. Ethan já imaginava que não seria nada de muito especial: era mais uma Starbucks.

— Por que o mistério? — perguntou ele, rindo, parado na frente da loja.

— Você acha que fiz mistério para te trazer aqui? Não!

Eles caminharam pela pista da praia e retornaram para o café. Lá dentro os bancos eram diferentes dos outros cafés; esses eram feitos com shapes de skates.

Sentados na cafeteria, os dois planejaram o que fariam a seguir em Los Angeles, porque no dia seguinte viajariam para São Francisco.

Bella desejava fazer uma caminhada noturna pelo Griffith Park e Ethan queria ver o pôr do sol no Píer; isso era a única coisa que eles sabiam que desejavam fazer.

— Tenho um guia de viagem comigo! — avisou ela.

— Você tem? — perguntou ele, surpreso. — Mas onde está esse guia?

Ele estava surpreso, mais uma vez, com as coisas que a garota estranha fazia.

— Onde está? — repetiu ela, rindo muito dos questionamentos.

Nesse momento ela abriu a mochila e tira de lá um livro branco; era o tal guia de viagem de Bella, um grande guia com mapas.

— Você só pode estar brincando comigo — disse ele, impressionado. Ninguém caminha por aí com um guia do tamanho de uma Bíblia. Ninguém, exceto Bella.

— Vejamos, então, o que temos aqui — começou ela. — Veja, podemos ir até Venice, ao Píer, e de lá partimos para o Griffith Park.

— Ótimo! — respondeu Ethan, mastigando um delicioso croissant e observando o brilho do mar.

Assim, com a programação definida, eles ficaram mais um tempo no café. Ethan contou sobre a conversa que tivera com Leonard. Ela começava a entender que isso era uma coisa que perturbava Ethan e que as palavras de Leonard foram motivadoras para ele.

Seguindo o roteiro, decidiram caminhar até Venice. Bella pediu para ele tirar fotos dela nas pontes do canal. De lá, foram até o calçadão, encontraram um músico que tocava violão e uma espécie de bateria com os pés; aquilo era incrível.

Ethan pediu para ele tocar algo do Doors. Seu pedido foi atendido, enquanto isso Bella ficou olhando uma menina patinar. Ela se lembrou de quando era uma criança na Itália, andando de patins com sua mãe e sua irmã.

Solicitaram um Uber e foram para o Píer; chegando lá, pessoas e comércio para todo lado. Ethan comprou um algodão-doce para eles enquanto caminhavam. Os dois viram um rosto conhecido entre as pessoas que caminhavam: aquele cara estranho do avião, lá estava ele segurando uma pequena mala marrom de couro, que parecia bem antiga, combinando com as sandálias que ele estava usando.

Bella ficou incrédula por ver aquele homem mais uma vez, mas ali estava: o cara estranho. Seguiram até o Bubba Gump, um restaurante temático, inspirado no filme *Forrest Gump*. Ela precisava comer alguma coisa, pois não comera nada até então. A parada foi rápida, pois eles haviam cruzado o país e tinham poucas horas para explorar o lugar.

Eles caminharam até a ponta e esperaram o pôr do sol. Ambos colocaram seus fones para isolar barulhos do ambiente e observaram o horizonte, o brilho da luz solar nas ondas, pássaros ao lado revoando próximo à areia. O sol, lá estava ele como se submergisse no meio do Pacífico.

Aquilo era uma das coisas mais lindas que Ethan já tinha visto, mas o show tinha acabado! Sem perder tempo, o próximo destino era um passeio especial. Bella tinha conseguido uma visita noturna ao Griffith Park. E lá foram eles, mas antes uma passada por Beverly Hills para ver as casas majestosas.

Já chegando ao parque, juntaram-se a um grupo de sete pessoas lideradas por Charlie, um guia com um metro e meio de altura, bigode grosso e cara de bravo que os levava de minivan, parando em alguns pontos do parque. Como ponto-final, o grande e famoso observatório do Griffith Park. Lá dentro, Ethan ficou maravilhado com o lindo teto e sua projeção: cerca de nove mil estrelas, luas e planetas se movimentavam acima de suas cabeças. Bella, ansiosa para olhar no telescópio, achou tudo espetacular. Antes de voltarem para o hotel, ainda puderam ver as luzes da cidade do alto do morro Hollywood, uma experiência realmente inesquecível.

No dia seguinte a aventura no Oeste continuaria em mais uma cidade; às nove e meia seguiriam para mais um destino maravilhoso. Ethan olhou pela janela do táxi e pensou o que o emprego que acabou de deixar para trás estava lhe proporcionando toda essa experiência. Ele se perguntou se estaria sendo ingrato.

Mas foi só mais umas das suas nuances de insegurança sobre suas decisões. Ao se ver ao lado de Bella, ele sabia que não poderia estar ali quando bem entendesse, mas agora podia, e isso era uma das coisas que buscava.

Após chegarem ao hotel, eles tomaram um banho revigorante e foram para a cama. Embora cansados, uma faísca de energia ainda percorria seus corpos, despertando um desejo intenso. As luzes estavam apagadas, mas a suave iluminação que adentrava pela janela ressaltou seus corpos, fazendo-os brilhar enquanto se entregavam à paixão.

Com uma intensa e ardente entrega, eles se amaram, explorando cada centímetro um do outro. Gemidos abafados ecoaram pelo quarto, misturando-se com suspiros de prazer. Suas respirações aceleraram, seus corpos se moviam em perfeita sintonia, enquanto se entregavam aos mais profundos desejos.

Entre beijos apaixonados e toques provocantes, eles se consumiram, doando-se completamente um ao outro. Cada carícia, cada movimento, era repleto de uma paixão incontrolável, que transcendia o físico e se entrelaçava com o amor que compartilhavam.

Saciados, eles se deixaram levar pelo sono, entrelaçados entre os lençóis. E, descansados, despertaram lentamente com o brilho do sol invadindo a janela.

Depois de um banho, desceram até o café do hotel. Lá estavam quando de repente avistaram mais uma vez o cara estranho, sim ele provavelmente estava hospedado no mesmo hotel de Ethan e Bella.

Tudo certo para dizer adeus para a cidade dos anjos. Voltaram ao quarto e depois fizeram o checkout antes de ir para o aeroporto.

— Próxima parada, São Francisco! — disse Bella, empolgada.

Os dois pegaram um táxi e saíram, um pouco depois do horário planejado, mas a tempo de pegar o avião. Tudo correu bem, embarcaram na hora certa, mal precisaram esperar muito no aeroporto, cerca de trinta e cinco minutos apenas.

Trem de pouso subindo... já estavam no ar a caminho de São Francisco. O voo foi relativamente rápido, em menos de duas horas chegam ao destino.

Durante o voo, pela janela, Ethan olhava com certo encantamento para o horizonte, avistou o mar e algumas montanhas, tudo tão grande, tão verde, tão azul e tão lindo. Ao seu lado, Bella fazia o que fizera em todos os seus voos: dormir.

Enfim, o momento de pousar chegou, e outra jornada estava começando. Eles estavam prontos para mudar de planos: em vez de parar na cidade por um dia, iriam alugar um carro e partir para o norte da Califórnia, a caminho do Yosemite National Park, com suas belas cachoeiras, árvores enormes e magníficas falésias, elementos que faziam desse lugar um dos mais bonitos dos Estados Unidos.

Já em solo, tomaram um café no aeroporto e alugaram o carro para a aventura. Ethan pegou uma Ford Bronco e os dois partiram para a estrada enquanto o sol brilhava. Foram em busca de uma das mais belas paisagens do país.

Seriam aproximadamente quatro horas de estrada até chegar ao destino, e ainda seria necessário comprar mantimentos para viagem. Resolveram passar em um mercado em Oakland, pegar água e algumas coisas para comer. Ethan também escolheu algumas comidas enlatadas para quando acampassem.

E assim começou a road trip: aproveitar um lindo caminho pelas estradas americanas — isso Bella jamais fizera, e Ethan já não se lembrava da última vez que dirigira tanto tempo assim. Ele só sabia que amava pegar a estrada em dias de céu limpo, e essa jornada seria uma experiência e tanto para eles. Poder estar em contato com toda essa natureza, pelas lindas estradas, correndo o risco de ser atacado por um urso, era exatamente o tipo de coisa que ambos buscavam. Longe da loucura de Nova York o tempo tinha outra velocidade. Enquanto Ethan dirigia, Bella cochilava.

Ele olhava para a estrada, tão longa, com algumas curvas grandes, leves subidas e descidas, sempre tão linda, e por um breve momento parecia que estava se movendo lentamente. Pensou que sua vida era um pouco semelhante àquela estrada californiana.

Bella acordou e colocou música para animar a viagem. Na trilha sonora da road trip havia Eddie Vedder, obviamente. No melhor estilo "Into the Wild", eles já estavam cruzando pela East Oakdale, mais uma hora e chegariam até as cabanas onde ficariam. A beleza estupenda de Sierra Nevada era hipnotizante; por um momento era como se estivessem cruzando por dentro de uma bela obra de arte. Enfim chegaram ao destino, uma cabana reservada no Yosemite.

O lugar era um paraíso sem igual. Bella ficou boquiaberta com a beleza das árvores e das montanhas, misturada com o som de água corrente.

Eles pegaram as coisas e foram até a cabana. Seu dono era um guarda florestal que os recebeu e lhes entregou as chaves. Ansiosos, nem quiseram descansar e partiram para explorar o lugar. Próximo à cabana existiam placas que indicavam um caminho para uma trilha fechada no meio da floresta.

Sem saber onde ela ia terminar, eles pegaram apenas uma garrafa com um litro e meio de água e partiram para a aventura do dia. Caminharam por duas horas até chegarem a um lindo lago, onde o sol brilhava mesclado com o reflexo do verde das árvores, o céu e as montanhas. Seria ali!

— Será aqui que vamos acampar, Bella?

Ela olhou para ele em silêncio e, apertando sua mão, sorriu e confirmou com a cabeça. Nem conseguia falar, deslumbrada pela beleza do lugar; ou talvez estivesse apenas cansada.

O dia estava indo embora; já de volta à cabana, eles tomaram banho e um café na varanda, de onde era possível ver as montanhas. Perto daquela imensidão da natureza, Ethan percebeu que o Central Park talvez não fosse tão grande assim e que no futuro não era ele que desejava ver pela sua janela. Bella saiu para dar uma olhada ao redor da cabana e voltou com alguns pedaços de lenha na mão.

— O cavaleiro sabe acender uma lareira?

— Claro que sim! — respondeu ele.

Havia lenha já cortada atrás da casa. Eles buscaram mais um pouco, e Ethan acendeu a pequena lareira de pedra.

Ficaram ali contemplando o fogo por algumas horas. Bella também tinha comprado uma garrafa de vinho. E, entre o som dos estalos da lenha queimando, grilos e Chris Stapleton tocando bem baixinho, passaram a noite em frente à lareira da sala; ali mesmo adormeceram.

O sol ainda nem nascera quando eles acordaram e se prepararam para mais um dia de aventura. Bella preparou um café e Ethan foi arrumar os equipamentos para irem acampar.

— O dia vai ser lindo! — disse Bella, olhando pela janela, de onde avistava o brilho do sol surgindo por detrás das montanhas.

— Tudo pronto, tomamos café e saímos em seguida — avisou Ethan.

E assim os dois partiram para desbravar e apreciar as belezas do parque.

Na trilha, Bella confessou que nunca tinha acampado na vida, apenas fazia algumas trilhas na Europa. Esse era um momento bem especial na vida dela, pois era algo que seu pai gostava muito de fazer e ela nunca conseguira fazer com ele. Ethan escutou com atenção. Depois disso, eles seguiram caminhando até chegarem ao ponto esperado.

O local era lindo, na beira de um pequeno riacho; a água era tão cristalina que permitia a visão de peixinhos, além de uma série de pequenas ninfeias prestes a florescer. As nuvens haviam se dissipado como cortinas de um grande palco, exibindo o céu azul brilhante que havia estado oculto até então. Havia uma mesa de madeira com bancos sob uma generosa sombra e um local para a fogueira já delimitado por um círculo de pedras.

A floresta era exuberante, com árvores altas e densas, e o som dos pássaros cantando preenchia o ar. Escolheram um local estratégico para montar a barraca.

Depois de arrumar as coisas, decidiram explorar a área e descobriram várias trilhas que levavam a lugares incríveis. Em uma delas, encontraram uma clareira com uma vista deslumbrante da floresta, onde decidiram fazer um piquenique com os alimentos que haviam levado.

À noite, prepararam uma fogueira e se aqueceram em volta dela, contando histórias e rindo juntos. O céu estava limpo e as estrelas brilhavam intensamente, criando um espetáculo de luzes e cores.

No dia seguinte, acordaram cedo e caminharam até um mirante que oferecia uma vista panorâmica da região. No caminho, viram vários animais, como veados e coelhos, que os deixaram ainda mais fascinados por estarem ali, vendo aqueles animais livres. Após o passeio, voltaram para o acampamento e passaram o resto do dia se refrescando no riacho, conversando e apreciando aquele momento especial.

No último dia, desmontaram as barracas e arrumaram as coisas para pegar a estrada de volta para casa, mas concordaram que o acampamento tinha sido uma experiência incrível e inesquecível.

Eles se despediram da floresta com a certeza de que voltariam em breve para aproveitar novamente toda a beleza e tranquilidade que aquele lugar oferecia. E assim retornam para San Francisco depois de uma experiência que os fez perceber que a beleza da vida é a própria vida.

Já a caminho do Condado de San Mateo, para pegarem o voo de volta a Nova York, Bella observou um brilho do sol com tom de laranja refletido na baía e perguntou a Ethan o que ele faria quando chegassem em casa.

— Eu estava lembrando que você fez algo pela primeira vez, acampar. Eu quero fazer algo que nunca fiz lá em Nova York, algo que eu gostaria de fazer — respondeu ele, com um olhar pensativo, buscando algo em sua memória para falar.

— E que coisa será essa? Algum lugar aonde nunca foi e tem vontade?

— Sim! É o Flushing Meadows! Corona Park.

— O parque no Queens? — perguntou Bella.

— Sim, nunca fui. Lembro que li em algum lugar que ele foi habitado pela tribo de Matinecocks antes da chegada dos colonos holandeses, em 1640.

— Isso eu não sabia. O que eu sei é lá era o "vale de cinzas" do livro de F. Scott Fitzgerald — comentou Bella.

— Confesso que nunca li esse livro, mas já assisti ao filme com o DiCaprio — respondeu ele, brincando. — Esse é bom!

Já no rumo de casa, Bella estava ansiosa para se reunir com Alfred e saber sobre as vendas de seu livro. Ethan, por sua vez, só queria continuar livre, sem precisar ir ao escritório todos os dias. Ele queria estar em qualquer lugar onde desejasse.

CAPÍTULO IX

De volta a Nova York, a vida de Ethan e Bella retomou seu ritmo habitual. Bella se dedicou a suas atividades como colunista, enquanto Ethan estava desempregado após deixar a Odlen Capital. Em uma manhã de sexta-feira, ele decidiu tirar o pó de sua velha máquina de escrever, ansioso para capturar em palavras suas experiências nas florestas da costa oeste americana.

Enquanto se preparava para começar a escrever, o telefone tocou, interrompendo sua concentração. Era Bella do outro lado da linha, cheia de entusiasmo.

— Oi, Ethan! Vamos fazer um piquenique amanhã?

— Claro, já tenho até o lugar em mente! — respondeu Ethan, sorrindo.

Ao desligar o telefone, uma ideia começou a se formar na mente de Ethan. Ele enviou um e-mail para Michael Brandt, seu ex-professor, explorando a possibilidade de entrar no ramo de análises para jornais. Determinado a explorar novos caminhos profissionais, passou o dia inteiro concentrado, redigindo e revisando o e-mail.

O tempo voou, e antes que ele percebesse já era tarde. Cansado, Ethan foi dormir mais cedo naquela sexta-feira; tentou ler, mas acabou pegando no sono.

Acordou no meio da noite, com uma inquietação enorme, e percebeu que estava aflito com algo. Então, levantou e desceu as escadas do seu prédio. Ninguém por lá estava acordado, pois ainda não eram cinco da manhã. Ele caminhou até a calçada do prédio, respirou fundo por algum tempo e então resolveu caminhar. Estava frio, muito frio na verdade, tanto que quando ele respirava uma névoa branca saía de suas narinas.

Ethan caminhou pela calçada descendo a Quinta Avenida, sem pressa; no chão havia restos da água da chuva da noite passada, e ele via o brilho das luzes refletir no calçamento molhado enquanto desviava das pequenas poças. Seguiu na direção dos museus, até a esquina do Cooper Hewitt, um museu de design.

Depois, resolveu retornar, já se sentindo um pouco melhor. Enquanto andava, encontrou um cartão estranho no chão, estranho porque tinha acabado de passar por ali e o cartão não estava, ele tinha certeza de que não havia nada naquele lugar. Mas não deu bola para isso; podia ter caído de algum prédio ou ter sido jogado de um carro. O cartão era preto, tinha um símbolo estranho na frente e no verso um endereço. Ele o guardou e seguiu para sua casa. Antes passou na padaria, que estava abrindo, e pegou pães para tomar seu café da manhã.

No sábado, Bella estava a caminho da casa de Ethan, pronta para o piquenique que planejaram juntos. O sol brilhava e a temperatura estava agradável, perfeita para aproveitar um dia no Flushing Meadows. A grama estava verde e bem cuidada, e as flores coloridas alegravam o ambiente em parceria com um pequeno beija-flor que voava baixo.

Ao chegarem, eles escolheram um local com vista para o lago, onde havia menos pessoas, e então começaram a preparar as coisas. Estenderam uma toalha no chão e colocaram a comida no centro, incluindo sanduíches, cookies, frutas e sucos e um vinho rosé que Bella tinha ganhado de uma amiga.

Enquanto comiam e conversavam, puderam apreciar a beleza do parque ao redor. As pessoas caminhavam, andavam de bicicleta e jogavam frisbee, criando um ambiente descontraído.

Após o almoço, resolveram explorar o parque e visitar algumas atrações. Foram ao famoso Unisphere, um globo de aço inox de doze andares que representa a harmonia entre as nações, e ao Queens Museum, que tem uma réplica em miniatura da cidade de Nova York.

No final da tarde, voltaram para a área do piquenique e quiseram jogar frisbee e baralho. A energia era contagiante e a alegria se espalhava, antes de o sol começar a se pôr e de o céu ganhar tons de laranja e rosa, criando um espetáculo de cores. Nisso o telefone de Ethan tocou. Era o professor Michael Brandt.

— Como vai, Ethan? Tudo bem?

— Olá, professor Brandt! Estou bem; estava na Califórnia com minha namorada.

— Maravilha, Ethan, eu adoro a Califórnia! Recebi seu e-mail.

— Sim, estou querendo fazer essa mudança.

— Certo, estou precisando de alguém para indicar para uma coluna sobre agronegócio em Austin. Você tem interesse? Se tiver, vou falar com eles e passar o seu contato ainda hoje.

— Ótimo! Obrigado, professor Brandt! — disse Ethan, ainda sentado no chão, olhando para os olhos de Bella, sem acreditar na oportunidade.

Os dois brindaram à notícia ali mesmo, com vinho rosé, ao pôr do sol alaranjado que fazia. Antes de irem embora, Ethan acabou quebrando uma das taças, mas nada que fizesse mudar aquele dia tão bom. O dia terminou mais especial ainda depois que foram para a casa de Ethan.

No domingo de manhã, os dois ficaram trocando carinhos nos lençóis por um longo tempo enquanto o sol ainda não aparecia no céu de Manhattan.

Saindo do apartamento, Ethan e Bella decidiram começar o dia em uma charmosa cafeteria da região, a Cafe Amrita, onde comeriam deliciosas panquecas de mirtilo, a mais gostosa de Nova York.

A caminhada cruzando o Central Park parque revelava as vibrantes cores da primavera destacadas por todos os lados, inspirando o lado fotógrafa de Bella.

Após o café, não retornaram para o apartamento e começaram a descer a Quinta Avenida. Durante o passeio, depararam com um grupo animado dançando salsa ao ar livre logo de manhã. Movidos pela curiosidade, se juntaram à dança. Embora fosse a primeira vez de Ethan experimentando a salsa, a empolgação de aprender algo novo com Bella transformou o desafio em risos e memórias, reforçando a ideia de que a diversão supera a perfeição. Foi uma das cenas mais engraçadas que Ethan protagonizou em sua vida.

O tempo escapou deles, e então perceberam que chegara a hora do almoço. Escolheram um restaurante em Little Italy, onde Ethan saboreou um prato de massa com molho de tomate, enquanto Bella optou por uma irresistível pizza quatro queijos e uma soda italiana, como sempre fazia.

Para acompanhar a refeição, compartilharam uma garrafa de vinho, discutindo planos futuros agora que Ethan embarcaria em uma nova jornada como redator de uma coluna semanal.

Depois do almoço, decidiram caminhar até o West Village, aproveitando a energia da cidade. Mais tarde, enquanto assistiam ao pôr do sol nas margens do rio Hudson, Ethan sugeriu encerrar o dia em um bar com música ao vivo, uma ideia prontamente aceita por Bella. No bar, foram envolvidos pela melodia de uma pianista tocando e cantando enquanto desfrutavam de algumas cervejas artesanais. De repente, ela começou a tocar e cantar "When I Look in Your Eyes". Foi quando Bella, que estava sentada conversando com Ethan, percebeu que era Diana Krall se apresentando no bar. Os dois riram de si mesmos. Afinal, tinham ido parar ali tão aleatoriamente. Aquilo estava bom demais para ser verdade. Bella até desconfiou que Ethan sugerira propositalmente o lugar. Mas na verdade tinha sido uma grande e boa coincidência apenas. Algo para lembrar por muitos anos.

Voltando para casa, ainda incrédulos com o havia acontecido, os dois riam sem controle, feito dois turistas aproveitando uma noite memorável juntos. Um bom roteiro de uma comédia romântica, foi assim que Bella definiu o seu dia ao lado de Ethan. Ele concordou. Então eles pegaram um táxi, ele a deixou no apartamento dela e foi para sua casa, mais uma vez caminhando.

Já em casa, Ethan tomou um banho e se sentou à sua mesa, na frente do computador, onde começou a escrever sobre cada detalhe do dia com Bella. As palavras fluíam, registrando risos, descobertas e nuances. O texto se tornava um arquivo de memórias, capturando a essência daquele dia especial. Ao finalizar, Ethan desligou o computador, ciente de que reviveria as emoções ao lado dela para o resto da vida. Com a cidade pulsando lá fora, encerrou a noite, refletindo sobre a importância de viver cada momento, principalmente ao lado de quem amamos.

Quando a segunda-feira chegou, era cedo ainda quando Isaac, da AgriTex News, ligou de Austin e fechou contrato com Ethan. Ele o desafiou a começar naquele mesmo dia, se pudesse. Ethan topou o desafio!

Ethan fez um café da manhã rápido e ligou seu computador para começar a trabalhar. Estava curioso sobre suas tarefas diárias e sobre o que o aguardava. A empresa o orientou remotamente e explicou como funcionava o processo de produção, os temas abordados e a entrega.

Durante o dia, Ethan se concentrou em aprender sobre o mercado. Ele trabalhou duro, mas sentiu falta da interação com outros colegas de trabalho, como acontecia na Odlen. No entanto, sabia que precisava se adaptar à sua nova rotina profissional.

Uma mistura de exaustão e felicidade envolveu Ethan depois de seu primeiro dia de trabalho. Uma sensação palpável de realização o impulsionava, deixando-o ansioso para mergulhar ainda mais nas complexidades do mercado do agronegócio.

Bella o recebeu em seu apartamento com um sorriso e um jantar que despertou seus sentidos. Em meio às delícias servidas, compartilharam detalhes de seus respectivos dias. Ethan, empolgado, descreveu suas primeiras impressões sobre o novo trabalho, expressando a satisfação de ter encontrado algo de que gostava.

Ethan reconheceu o apoio fundamental de Bella nessa conquista. Com entusiasmo, revelou que agora fazia parte de uma equipe em um renomado portal de notícias especializado em economia do agronegócio.

Uma semana se passou desde seu primeiro dia no novo emprego. Ele aprendeu muito sobre o mercado de agronegócio e estava empolgado com as histórias. Adaptar-se à rotina de home office estava sendo interessante para Ethan. Ele estabelecera um horário fixo de trabalho, tentando evitar distrações que pudessem atrasar sua produção de artigos.

Apesar do entusiasmo, o trabalho não seria tão simples. Escrever sobre economia no mercado de agronegócio demandava muita pesquisa e esforço. Ele começou a ler mais sobre o assunto e a conversar com especialistas em economia e agricultura para aprimorar seus conhecimentos.

Em pouco tempo ele estava escrevendo artigos mais envolventes e informativos usando técnicas de *storytelling*, que agradavam aos leitores e ao seu chefe.

Ele acreditava que, por meio de seu trabalho, podia contribuir para conscientizar as pessoas sobre a relevância desse mercado tanto para a economia quanto para os agricultores. Cada linha escrita era uma oportunidade de ampliar a compreensão coletiva, e com isso ele vislumbra a possibilidade de criar um impacto positivo real no mundo.

Ethan e Bella, após intensas semanas de trabalho, ansiavam por uma pausa. Decidiram procurar Dean no bar e, com sorrisos esperançosos, questionaram se seria possível emprestar a cabana em Calgary, no Canadá. Ele, sem enrolar, respondeu que não haveria problema.

— Ok, vamos amanhã mesmo! — disse Ethan.

— Na volta me devolva as chaves, garoto.

— Certo, meu velho, obrigado.

Eles ficaram emocionados com a generosidade de Dean. Ansiosos pela oportunidade, voltaram para casa e começaram a planejar a viagem. Sabendo que gostariam de ter mais liberdade para explorar a região, decidiram alugar um carro.

Eles fizeram a reserva e garantiram que um carro confortável e seguro para pegar a estrada. Também fizeram uma lista de itens essenciais, como roupas, equipamentos eletrônicos e suprimentos.

Tinham decidido fazer uma viagem de Nova York a Calgary para trabalhar remotamente por alguns dias e aproveitar o tempo livre explorando a natureza e relaxando. Com o carro alugado, partiram rumo ao Canadá.

A viagem foi longa, mas eles desfrutaram da paisagem ao longo do caminho. Passaram por diversas cidades e vilarejos pitorescos, admirando as belas paisagens naturais que cercavam as estradas. Pararam em alguns lugares para esticar as pernas, tirar fotos e aproveitar a vista.

Finalmente, chegaram à cabana do velho Dean em Calgary. Ficaram impressionados com a beleza da paisagem natural ao redor, animados para explorar a área e fazer algumas caminhadas nas trilhas próximas. Porém, a cabana era assustadora de tão suja; precisava de uma boa limpeza, por segurança, antes de eles se instalarem.

Eles prepararam suas estações de trabalho remotas, garantindo que houvesse uma conexão confiável com a internet, e começaram a trabalhar.

Apesar de estarem trabalhando, tiveram tempo para desfrutar da tranquilidade da cabana. De noite, relaxavam conversando, jogando alguns jogos de tabuleiro que havia no lugar e desfrutando da lareira aconchegante enquanto tomavam um vinho.

Voltaram para casa revigorados após cinco dias, tempo suficiente para perceber que, com um pouco de planejamento e organização, poderiam ter pausas relaxantes, mas ainda manter seus compromissos de trabalho.

Ao chegar em casa, desfizeram as malas e começaram a organizar suas coisas. Ethan foi imediatamente para o escritório em casa para verificar seus e-mails e ver o que havia acontecido enquanto estavam fora. Bella, por sua vez, decidiu que era hora de fazer compras para abastecer a geladeira.

Depois de quase uma semana, voltaram à sua rotina normal de trabalho, mas com uma perspectiva diferente. Eles perceberam que tirar um tempo para si mesmos e aproveitar a vida era tão importante quanto o trabalho que estavam fazendo.

Os dois se comprometeram a equilibrar melhor suas vidas pessoais e profissionais e a não deixar que o trabalho consumisse todo o seu tempo.

A viagem lhes ensinou um pouco a perceber onde estava o equilíbrio entre trabalho e lazer, algo que eles levariam consigo depois da experiência. Ethan ficou contente quando recebeu um e-mail de Isaac elogiando sua estreia e o ótimo texto que havia escrito sobre os desafios do mercado do agronegócio no Texas. Sua coluna chamou a atenção de muitos leitores e críticos, que elogiaram seu trabalho de pesquisa dos fatos e análise profunda.

Enquanto isso, Bella recebeu uma ligação inesperada de um programa de televisão de Nova Jersey. Ela ficou muito animada com a oportunidade de falar sobre sua obra. Passou dias se preparando para a entrevista, um pouco nervosa, ensaiando respostas a prováveis perguntas e escolhendo o figurino perfeito. No dia da entrevista, Bella estava tensa, mas também confiante. Ela se expressou de forma eloquente e cativante, falando sobre a inspiração por trás do seu livro e suas ideias sobre o processo de escrita. A entrevista foi boa e ela recebeu muitos elogios dos outros participantes e comentários positivos do público sobre seu trabalho. Satisfeita pela oportunidade de compartilhar sua história com um público mais amplo e conseguir saber que podia inspirar outras pessoas a seguir seus sonhos também, seu dia foi como ela esperava, maravilhoso.

 À noite, já em casa, jantando, Ethan falou sobre seu trabalho, sobre como escrevera a introdução de seu novo texto, sobre a evolução do agronegócio nos Estados Unidos, depois de uma viagem na história que ele fizera, estudando desde a exploração de petróleo até sua diversificação com a indústria, a tecnologia, a pecuária em larga escala e a produção de algodão. O Texas se tornara o maior produtor de carne bovina dos Estados Unidos, gerando empregos e renda para muitas comunidades. Bella não fazia ideia de nada disso, mas estava gostando de ver Ethan empolgado falando sem parar enquanto ela, em silêncio, apenas escutava.

CAPÍTULO X

Duas semanas se passaram, e Ethan e Bella começaram a planejar suas próximas férias de inverno. Eles queriam fazer algo especial e diferente, então estavam pesquisando opções.

Bella sugeriu uma viagem para esquiar nas montanhas do Colorado, enquanto Ethan propôs uma viagem para as praias ensolaradas da Flórida. Eles conversaram sobre as opções e falaram sobre o que seria mais agradável.

Depois de muitas considerações, decidiram que a viagem para as montanhas do Colorado seria a escolha, para se aventurar na neve e deslizar pelas encostas. A paisagem majestosa das montanhas os atraía.

Eles planejaram os detalhes da nova aventura, desde a reserva de um chalé aconchegante na montanha até a compra de equipamentos, e a partir daí os dias voaram até chegar o dia da partida.

E então partiram para as montanhas do Colorado, no início de novembro, ansiosos pela aventura na neve. Alugaram um carro no aeroporto e seguiram para o chalé que haviam reservado, localizado em uma pequena cidade nas montanhas. O chalé era aconchegante e decorado com tema de montanha, e os dois ficaram impressionados com a vista através das grandes janelas. Passaram o primeiro dia explorando a cidade, visitando lojas de esqui e experimentando a culinária local.

No segundo dia, eles se aventuraram nas encostas das montanhas. Tinham reservado aulas de esqui para iniciantes. Foi desafiador para Ethan, mas ele estava determinado a dominar esse esporte. Passaram dias inteiros nas encostas, explorando as trilhas e desfrutando da paisagem pitoresca.

Nas noites, eles voltavam para o chalé, onde se aqueciam em frente à lareira e compartilham histórias sobre seus dias nas montanhas.

Jogaram xadrez, assistiram a filmes. Foi um momento para descansar antes de voltar para suas vidas ocupadas em Nova York. Quando chegou a hora de deixar as montanhas do Colorado e voltar para casa, Ethan e Bella estavam revigorados.

No dia da partida, acordaram cedo para fazer as malas. Enquanto arrumavam suas coisas, eles relembraram todos os momentos incríveis que viveram naquela viagem. Quando finalmente fecharam a porta do chalé e entraram no carro, se sentiram um pouco tristes por deixar aquele lugar tão especial. Eles sabiam que a volta a Nova York os esperava, com suas vidas ocupadas e compromissos. No dia seguinte, deixaram a neve e a tranquilidade montanhosa para trás.

De volta à cidade que nunca dorme, Ethan sentiu a necessidade de reconectar-se com os amigos, retomando as amizades que ficaram em segundo plano devido ao trabalho e à viagem. Ele marcou um almoço com Paul e Jason no Walker's, ansioso por reencontrar os amigos de longa data.

Chegou um pouco cedo e se sentou para tomar uma cerveja. Enquanto esperava, olhava fascinado para as fotografias de atores famosos e personalidades do mundo do entretenimento que já visitaram o local.

O restaurante ficara famoso por seu hambúrguer, classificado como um dos melhores da cidade pelo *The New York Times*, então o pedido não poderia ser outro. Nesse momento Jason e Paul chegaram, cumprimentaram Ethan com abraços calorosos e se sentaram à mesa.

Eles olharam o cardápio e todos decidiram pedir hambúrguer com batata frita e cerveja Guinness para acompanhar. Enquanto desfrutavam de sua comida deliciosa, Ethan contava das aventuras viajando com Bella e da sua mudança de carreira.

Nesse momento chegou Margot, que ia encontrar Jason. Ela fez todos levantaram e sugeriu:

— Vamos dar uma volta pela cidade?

Todos concordaram, e eles caminharam pela avenida principal, observando a agitação de Nova York.

Ethan percebeu que a cidade nunca ficaria velha, sempre havia algo novo para descobrir e explorar.

Após a despedida, enquanto retornava para casa caminhando, ele ouviu o som distante de um saxofone e seguiu a música até encontrar um músico de rua tocando em uma esquina. A melodia suave e a iluminação baixa da rua criaram uma atmosfera mágica que deixou Ethan em um tipo de transe psicodélico.

No dia seguinte, ele decidiu ficar em casa, colocou um jazz e começou a preparar seu café da manhã enquanto admirava a vista deslumbrante da cidade através da janela do seu apartamento.

Ele se sentia inspirado para escrever. Sentou-se a sua mesa, cercado de livros e anotações. Ethan gostava de mergulhar profundamente em suas pesquisas antes de escrever. Estava completamente envolvido em seu trabalho e se sentia feliz com o progresso que estava fazendo.

Quando finalmente terminou, sentiu-se orgulhoso de si mesmo pelo que havia feito. Enviou o artigo e sentou-se em sua cadeira, pensando no que fazer a seguir. Olhou pela janela e notou que o sol estava começando a se pôr. Decidiu que era hora de relaxar, sabendo que amanhã seria um dia cheio de possibilidades na cidade.

Na manhã seguinte, bem cedo, Ethan foi visitar Bella e juntos tomaram o café. Sobre a mesa havia um delicioso queijo, algumas tiras de bacon, ovos e algumas panquecas que sobraram do dia anterior. Enquanto folheava o jornal, Ethan se deparou com um artigo interessante que relatava o aumento de pessoas que investiam em casas de campo no interior de Nova York para desfrutar de momentos de descanso em família. Algumas pessoas estavam fazendo dessa segunda opção sua casa principal. A notícia despertou em Ethan o desejo de investir em uma casa de campo algum dia para ele e Bella.

Outra notícia, algumas páginas depois, era sobre a alta no mercado de criptomoedas. Ele se lembrou de que, por recomendação de Jason, comprara uma pequena quantidade de bitcoins, depois de ter se desfeito de suas ações, realocara parte do dinheiro seguindo a dica dos amigos. Ao ver que a moeda estava entre as maiores altas do mercado, ficou aliviado porque ficara muito inseguro quanto a investir em um mercado que não conhecia.

Na semana seguinte já era dezembro em Nova York. Ethan adorava, nessa época, caminhar pelas ruas da cidade. Ele foi até a esquina da livraria The Corner observando as luzes e decorações de Natal.

A atmosfera festiva da cidade enchia seu coração de alegria, fazendo-o sentir-se parte de algo maior. O frio cortante não o incomodava tanto, na verdade era assim que ele se sentia vivo em meio àquele clima. As lojas e shoppings estavam cheios de gente fazendo compras de Natal, e o som das músicas natalinas tocando em todos os lugares o deixava ainda mais animado. Ele sempre ficara deslumbrado com a decoração ao redor da pista de patinação, a árvore de Natal no Rockefeller Center, que parecia ainda mais imponente ao vivo. Foi nela que Kevin McCallister reencontrou sua mãe no fim do filme *Esqueceram de mim 2*, filme a que Ethan sempre gostara de assistir com sua família.

Enquanto caminhava, sentiu um aroma delicioso no ar e logo percebeu que vinha dos mercados de Natal. Então, experimentou algumas comidas que nunca tinha provado antes, como *gingerbread* e chocolate quente, que aqueceram seu corpo e até a alma.

No Central Park, decorado com luzes, coberto de neve e com o lago parcialmente congelado, frio e beleza misturavam-se. Ele voltou para seu apartamento, se sentou em sua poltrona e ficou olhando pela janela a neve cair suavemente na rua. Aquilo era algo mágico. Da janela dava para escutar uma música natalina vinda de algum lugar da Quinta Avenida e para ver as luzes da árvore flutuante, Harlem Meer.

No dia seguinte, Ethan acordou com a luz suave do sol refletindo na neve lá fora. Bella ligou para avisar que estava vindo para seu apartamento; quando ela chegou, nem deixou Ethan tomar café em casa.

— Vamos tomar café na rua! — avisou ela.

Eles foram até a cafeteria e escolheram uma mesa perto da janela, observando a neve fina caindo lá fora enquanto bebiam seus cafés e comiam torta de maçã. Ele contou que no dia anterior tinha caminhado um pouco e dividiu com ela sua paixão pela beleza da cidade nessa época do ano. Os dois notaram que a cidade parecia diferente mesmo durante o inverno. As árvores com poucas folhas e a neve branca contrastavam com o vermelho, o cinza e preto de alguns prédios, criando um cenário impressionante. Ethan e Bella sentiram que havia uma nova vida e energia durante a temporada de Natal, e Nova York se tornava um lugar ainda mais incrível para se explorar.

O Rockefeller Center, em particular, era uma atração impressionante. A enorme árvore de Natal de que Ethan gostava, toda decorada com milhares de luzes brilhantes e enfeites reluzentes, era um espetáculo.

Ele acompanhou Bella até o apartamento dela e depois foi embora de táxi. Assim que chegou em casa, Ethan se livrou do casaco e das botas cobertas de neve e se dirigiu para sua estante de livros. Escolheu um do escritor Cormac McCarthy que contava a história de um caçador que encontra uma grande quantidade de dinheiro em um negócio de drogas que deu errado e decide ficar com ele. A partir daí, ele se torna o alvo de um assassino impiedoso, determinado a recuperar o dinheiro a qualquer custo.

Ethan se acomodou em sua poltrona favorita, perto da janela, com uma garrafa de Whiskey e um copo que trouxera da cristaleira de sua mãe. Enquanto lia, apreciava o sabor e a sensação agradável de calor que se espalhava pelo seu corpo no primeiro gole. Olhava para a paisagem noturna da cidade, observando as luzes brilhantes e as pessoas que passavam pela rua. As luzes cintilantes dos arranha-céus pareciam estrelas no céu noturno, e a movimentação das pessoas e carros parecia um fluxo constante de energia.

Ele estava alegre por tudo que estava vivendo, mas também valorizava os momentos de solidão e contemplação. Ethan gostava de ficar em seu apartamento, cercado por seus livros e sua bebida favorita, enquanto refletia sobre a vida e fazia planos para o futuro.

Desde o dia em que conversara com Paul sobre a ideia na época de sair da Odlen, sua antiga empresa, carregava o sentimento de estar na porta de onde sempre sonhara ou pelo menos desejara de certa maneira.

Uma vida de liberdade financeira, geográfica e de tempo. A vida que julgava boa e que, claro, ele nunca tivera. Quando estivera na Califórnia e se sentiu abraçado por algum tipo de liberdade desse tipo, chegou a sentir um leve desconforto por um momento; era como se a sensação dominasse seu corpo por algum tempo. Porque a liberdade geográfica principalmente também traz consigo desafios e incertezas duradouras.

Por exemplo, como manter uma rede de relacionamentos fortes se estamos sempre nos deslocando? Como lidar com a solidão ou com a falta de pertencimento a um lugar específico? Foi isso que atingiu os pensamentos de Ethan e diversas outras questões.

Quanto à solidão e ao sentimento de não pertencer a um lugar específico, Ethan aprendeu a apreciar a liberdade que a vida lhe proporcionava, mas estava muito confuso ainda.

Ele se permitiria experimentar novas culturas, conhecer pessoas interessantes e explorar lugares incríveis por algum tempo.

E então, no dia seguinte, recebeu um telefonema do diretor da Cattle Tex convidando-o para ir até a sede da empresa em Austin. Ethan contou para Bella, que adorou a ideia e o incentivou a ir para o Texas, já que nessas próximas semanas estaria tão ocupada que nem teria muito tempo para vê-lo. Ele nem precisava comprar a passagem, pois a empresa lhe forneceria isso, juntamente com a estadia.

Cinco dias se passaram e ele embarcou para Austin para conhecer sua nova empresa. Foi tudo muito interessante, a sede da empresa era uma espécie de grande galpão com janelas de vidro e tijolos expostos, um lugar rústico.

Após visitar o lugar, ele foi tomar um café na Starbucks e ficou pensando no quanto gostava do clima do Texas; enquanto em Nova York a temperatura estava congelante, ali estava agradável, algo em torno de dezoito graus.

Saindo dali, ele seguiu para o Trail of Lights, um evento anual em Austin, que acontece durante o mês de dezembro. Ethan ficou deslumbrado com o Festival das Luzes. A visão do parque transformado em um mundo de luzes coloridas, com várias esculturas iluminadas e árvores decoradas, o deixou hipnotizado. Ele se misturou à multidão e começou a passear pelo parque.

Enquanto caminhava, Ethan podia ouvir as crianças rindo e gritando, sentindo a felicidade que o evento trazia para todos. A música ao vivo que tocava ao fundo apenas somava ao clima de celebração.

Ethan decidiu experimentar algumas das delícias locais oferecidas no festival, incluindo petiscos salgados e doces. Ele também quis provar o famoso chocolate quente com marshmallows torrados, que o ajudou a se aquecer ainda mais.

O evento durou até tarde da noite, mas Ethan decidiu sair um pouco mais cedo. Quando deixou o parque, ainda podia ver as luzes brilhando ao longe enquanto caminhava pela rua. Ethan percebeu que Austin era realmente uma cidade especial, com uma vibração única e uma mistura perfeita de tradição e modernidade.

Nos dias seguintes, ele visitou vários pontos turísticos e descobriu lugares que nem sabia que existiam. Ethan caminhou pelas ruas do centro da cidade, visitou museus e galerias de arte, experimentou a culinária local e fez novas amizades. Também gostou do clima descontraído do lugar. Ao contrário de Nova York, onde tudo parecia se mover em um ritmo acelerado, em Austin as pessoas pareciam mais relaxadas, apesar de a cidade ser bastante movimentada e ter um trânsito intenso no centro.

Ethan estava sentado em uma Starbucks verificando seus e-mails quando seu telefone tocou. Era Martha.

— Mãe! Tudo bem com vocês? — perguntou Ethan, com um pressentimento estranho.

— Olá, Ethan! Seu avô está no Hospital Central de Brownwood, teve um ataque cardíaco. Seu pai está com ele. Vou para lá amanhã de manhã. Você pode vir para cá? Seu pai gostaria de ter você aqui — disse Martha.

— Sim! Estou em Austin, amanhã de manhã estou chegando.

— Tudo bem, Ethan! Te espero, filho!

Ethan ligou para o pai para obter mais informações sobre seu avô. Ele informou a Ethan que o estado de saúde de Bob era grave, e confirmou que sua mãe iria visitá-lo no dia seguinte. Ethan decidiu naquele momento que também iria para Brownwood imediatamente para ficar perto do avô e apoiar à sua família.

Ethan cancelou todos os compromissos em Austin e a empresa foi solidária com ele. Rapidamente arrumou suas coisas, pegou um ônibus para Brownwood e chegou ao hospital ainda naquela noite. Os médicos não deram muitas informações sobre o quadro de saúde de Bob até a manhã do dia seguinte.

Eram oito e meia quando Ethan foi recebido por seu pai e sua mãe, que estavam visivelmente abalados com a situação. Eles o levaram até o quarto de Bob, onde ele estava cercado por monitores e equipamentos médicos.

Ethan se sentou ao lado da cama de seu avô e segurou sua mão. Podia sentir a força de Bob e sua determinação de superar essa situação difícil.

Infelizmente, porém, apesar dos esforços dos médicos e da família, Bob não resistiu. Ethan e sua família ficaram arrasados. Ele era o último dos avós de Ethan e aquele com o qual ele tivera mais contato, fora com ele que aprendera a andar a cavalo e a dirigir.

Nos dias seguintes, Ethan ficou ao lado de sua família, ajudando-os a lidar com a dor e o luto. Ele sabia que, apesar da tristeza, a união da família e as memórias que eles compartilhavam seriam a chave para superar essa difícil situação. Nesse tempo, Bella veio para Brownwood a fim de dar apoio a Ethan. E Adam avisou Ethan de que eles precisam ir até Goldthwaite, para ver a fazenda de Robert.

Bella os acompanhou, e lá Adam esboçou sua preocupação. Ele acreditava que precisaria colocar à venda a fazenda de Bob, pois infelizmente o restaurante demandava muita atenção e sair de Brownwood não estava nos planos dele.

Ethan se sentiu triste com a possibilidade de vender a fazenda do avô, que significava tanto para ele e sua família.

Ele olhou ao redor da propriedade, observando os campos que o avô amava tanto.

Bella colocou a mão no ombro dele, em um gesto de apoio:

— Não se preocupe, Ethan. Nós vamos encontrar uma solução. Você pode ficar por um tempo aqui para ajudar? — perguntou Bella.

Um grande silêncio pairou por um tempo; ela até pensou por um instante que nem deveria ter falado isso.

Ethan pensou por um tempo e concordou com a ideia de Bella. Porém, nesse primeiro momento precisaria retornar para Nova York para organizar sua vida. Naquela mesma noite, Adam presenteou Ethan com a picape Chevy C20 que tinha sido de seu falecido avô.

Ethan ficou emocionado, pois esse carro levava as melhores lembranças de sua infância ao lado do querido Bob. Então, no fim de semana seguinte eles precisaram retornar para Nova York. Adam deu uma ideia, para tirar a tristeza da cabeça do jovem Ethan:

— Acho que é melhor vocês retornarem com a Chevy; se forem com calma ela chegará bem, o motor está em bom estado ainda.

— Tem certeza de que ela consegue chegar até Nova York?

— Tenho sim! Não force o motor, faça paradas e não deixe faltar água no radiador — orientou Adam, preocupado com a caminhonete que era de seu pai.

— Tudo bem, então nós vamos com ela sim! — afirmou Ethan. — Será uma boa aventura!

— Meus Deus, vai ser incrível, Ethan! — exclamou Bella, com um sorriso. — Nunca fiz algo assim.

No dia seguinte, Martha acordou bem cedo, ainda escuro, e preparou alguns *fried pies* de maçã para eles levarem na viagem. Enquanto Adam revisava e limpava a Chevy para Ethan, Bella estava na sala com seu notebook repassando os planos da viagem que tinha feito na noite anterior, e Ethan preparava panquecas para o café da manhã.

Já no café, eles discutiram o planejamento, que ficara definido assim: no primeiro dia iriam até Dallas e depois para Memphis, onde dormiriam; seguiriam viagem no segundo dia para Nashville e depois até Louisville, onde passariam outra noite; na manhã seguinte, no terceiro dia, o destino seria Columbus e depois Pittsburgh, com uma parada para descansar; no outro dia a última parte, sete horas de estrada até Nova York.

Um roteiro de viagem no melhor estilo On the road e um pote cheio de *fried pies*, o sol quase nascendo, estava na hora de colocar as malas na Chevy e partir rumo a Dallas. Na despedida, Martha deu para Ethan uma velha foto em que ele, com sete anos, estava no colo de seu avô Bob dirigindo aquela mesma picape.

Com lágrimas nos olhos, Ethan terminou de se despedir e ele e Bella entraram na picape. Ele colocou a foto perto do painel para se sentir junto de seu avô.

E assim os dois pegaram a estrada. O céu tinha um tom avermelhado no horizonte, o sol estava acordando à direita da estrada, a luz refletindo levemente na picape que partia em direção ao leste.

Já próximo ao primeiro destino, eles pararam em um posto de gasolina em Forth Worth, abasteceram e seguiram para Dallas.

Sem parar em Dallas, Ethan e Bella seguiram viagem cruzando o Arkansas na direção de Memphis, no Tennessee, mas antes Ethan parou em outro posto de gasolina perto de Benton, antes de Little Rock. Já em Memphis, procuraram um motel e um restaurante local para recuperar as energias. Bella encontrou um lugar chamado Motel 6; sem pensar em perder tempo escolhendo outro, decidiram passar a noite nele.

Na manhã seguinte foram até uma cafeteria, pegaram café para viagem e pegaram a estrada. Enquanto saíam de Memphis em direção a Nashville, puderam ver o rio Mississippi. O rio é imponente e deslumbrante, com suas águas largas e tranquilas. Bella ficou hipnotizada.

A paisagem se tornou mais ondulada e verdejante, com campos agrícolas, pastagens e bosques ao longo do caminho. A sensação de tranquilidade e serenidade deixou a viagem menos cansativa para eles.

Já em Nashville, pararam em mais um posto de combustível para esticar as pernas, comprar água e abastecer a Chevy. Sem perder tempo, Ethan seguiu, pois pretendia chegar a Louisville, no Kentucky, antes do anoitecer.

Retornaram à estrada, onde uma paisagem mais montanhosa e acidentada começou a surgir. A região estava localizada na parte leste do Tennessee e no oeste de Kentucky, onde as colinas e as montanhas dos Montes Apalaches começam.

Já havia algumas horas dirigindo, Ethan parou na beira da estrada e trocou de lugar com Bella. Ela assumiu o volante da picape até Louisville, onde procuraram mais um motel para dormir. Ethan encontrou outro Motel 6 e decidiram pernoitar ali.

Na manhã seguinte partiram, Bella ainda dirigindo, enquanto Ethan descansou até Cincinnati, onde abasteceram e ele assumiu novamente a Chevy até a cidade de Columbus, em Ohio. Pararam em uma cafeteria, chamada Upper Cup Coffee, e seguiram para Pittsburgh, sua última parada antes de chegarem ao seu destino final, Nova York.

Desta vez decidiram que precisavam dormir em um lugar melhor, então Ethan sugeriu que ficassem no Hotel Joinery, porque na frente havia uma Starbucks onde ele pensava em comprar café para viagem na manhã seguinte.

Acordaram cedo, tomaram café no hotel, depois do checkout pegaram café para viagem e partiram para o destino final.

E assim seguiram com a velha Chevy de Bob pela estrada, sem terem problemas. Ethan quase não acreditava que tinha ido tão longe com ela.

Chegando perto de Allentown, Bella assumiu novamente o volante, para levá-los até Nova York. Ethan estava cansado demais para continuar dirigindo, suas costas doíam um pouco. E assim ela seguiu por mais três horas até Nova York. Quando avistou as luzes dos prédios, Ethan nem acreditou. Ele então ligou para Martha dizendo que chegaram bem ao destino.

— Enfim, em casa! — disse Bella assim que parou na garagem em frente ao seu prédio.

— Enfim, em Nova York! — respondeu Ethan.

Enquanto subiam as escadas em direção ao apartamento, Ethan não conseguia deixar de refletir sobre a jornada incrível que fizeram.

Acomodando-se no sofá, Ethan abriu um vinho e os dois conversaram animadamente sobre os momentos marcantes da viagem. Eles relembraram os lugares que visitaram, inclusive as situações inusitadas nos hotéis na estrada e, claro, as paisagens que conheceram ao longo do caminho, cada uma mais linda que a outra.

CAPÍTULO XI

Uma semana se passou desde que chegaram de viagem. Bella estava de volta aos seus compromissos com Alfred, já Ethan voltara para seu apartamento, ganhara dispensa da empresa e lá estava desde então, a semana inteira sem trabalhar e sem sair de casa.

Com a partida de seu avô, ele percebeu que a vida termina. Apesar de ser algo que ele sempre soubera, agora era diferente, era como se sentisse realmente que cada tique-taque do relógio era um segundo a menos para ele e para todos aqueles que amava.

Antes de ir para Austin, ele tinha uma ideia diferente sobre algumas coisas da vida, acreditava que ter uma vida bem vivida era fazer o que quisesse e gozar de liberdade de escolha.

Porém, com tudo o que ocorrera nos últimos dias, Ethan repensava a vida e concluía que as vezes era necessário fazer o que era preciso e não o que se queria, porque deixar de fazer o necessário o afastaria da tranquilidade de mente e espírito, e, por mais que tivesse liberdade, ela jamais seria plena sem que ele estivesse em paz consigo mesmo e sem a certeza de que estava dividindo seu melhor com quem amava.

Às seis da manhã, o despertador tocou. Ethan foi até a cozinha, colocou duas fatias de pão na torradeira e caminhou até a janela. Lá estava o sol surgindo e sua luz batendo já na parte mais alta dos prédios.

Ele retornaria ao trabalho com a Cattle Tex, com uma reunião às nove horas para definição da próxima publicação da semana. E assim foi até às onze, até que seu telefone tocou; era Margot, dizendo que estaria por perto e o convidando para almoçar. Ethan não estava com vontade de sair de casa, mas resolveu que precisava, e aceitou o convite.

Ao meio-dia ele ligou para Bela, que estava em Boston com Alfred para uma entrevista.

— Ei, Ethan, como está aí?

— Hoje acordei com mais energia. Trabalhar me ajuda mais que ficar sem fazer nada.

— Com atividades, o tempo passa mais rápido.

— É verdade!

— Vou almoçar com Margot, ainda nem sei onde.

— Ah, legal. Eu nem almocei aqui e ainda vamos gravar.

— Boa sorte por aí! — disse Ethan.

— Ok, um beijo Ethan! — ela falou, e ele ouviu o *smack*.

Em seguida, ele recebeu um SMS de Margot: "Nos encontramos no Luke's em trinta minutos".

O Luke's Bar & Grill era um pequeno restaurante no Upper East Side que Margot apreciava muito porque foi o primeiro lugar que ela visitou quando chegou à cidade e, claro, porque tinha ótimos hambúrgueres, maravilhosas saladas de entrada, ótimos pratos compartilhados e o famoso bolo de carne e purê de batata de que ela sempre falava.

Ethan respondeu avisando que levaria uns quarenta minutos para chegar lá, pois iria caminhando. Ele gostava de andar, e na verdade essa era às vezes a opção mais rápida.

Chegando lá, procurou por Margot até que escutou uma voz falando alto o seu nome.

— Ethan... Estou aqui! — Era sua amiga superdiscreta, sentada na primeira mesa próximo à janela à esquerda.

— Oi, desculpe fazê-la esperar dez minutos. Já pediu?

— Sim, um café. Mas vamos pedir a comida agora.

— Ei, garçom, por favor. Traga um hambúrguer de peru para mim?

— E para mim bolo de carne com purê de batata e um chope.

— Eu também vou querer um chope!

O garçom anotou os pedidos e saiu; nisso ele tropeçou, caiu, bateu a cabeça em uma mesa e derrubou umas cadeiras.

Ethan levantou para ajudar, todo mundo ficou um pouco assustado com o incidente. Ethan percebeu que o homem estava sangrando. O gerente chamou um táxi e outra pessoa o levou para o hospital mais próximo. Outro garçom assumiu o pedido de almoço deles.

— Em menos de dez minutos já temos uma história para nossa coleção — disse Margot, rindo.

— É verdade, tipo aquela vez em que o professor bateu o carro no hidrante e nos molhou antes de uma prova. Fizemos a prova inteira molhados, haha.

— Nossa, Ethan! Dessa eu lembro. Foi horrível, eu estava de branco ainda. Dia péssimo!

— E como está o Paul? Ainda na Odlen? — perguntou Ethan.

— Não, ele está agora trabalhando em uma empresa de Chicago; está lá esta semana.

— Nossa! Que legal, preciso vê-lo assim que ele voltar, então.

— E a Bella?

— Está em Boston dando uma entrevista para um programa de TV.

— Eu soube do que houve com seu avô, lamento muito. Você está bem?

— Melhor agora. Foi algo que não esperava.

— Complicado. E o trabalho?

— Bem, na Cattle Tex o trabalho é até mais tranquilo, escrevo artigos. Fui indicado pelo professor Michael.

— Ah, sim! Michael Brandt. Odeio!

— Eu sei! — diz ele, rindo.

— São colunas semanais sobre os tópicos econômicos do agronegócio do Texas. Nada complicado, mas tive que estudar um pouco para entender.

Então os pedidos chegaram e eles seguiram conversando por algum tempo mais. Margot descreveu com entusiasmo sua experiência ao lado de Paul e contou que vinha se saindo bem em seu novo emprego. Ela compartilhou detalhes sobre as viagens que fizeram juntos, explorando diferentes cidades. Ethan ouviu atentamente, feliz por sua amiga estar vivendo momentos tão especiais. Enquanto eles saboreavam seus pratos deliciosos, Ethan contou sobre sua visita à sede da Cattle Tex.

Ele disse que estava se adaptado ao novo emprego, se esforçando para aprimorar seus conhecimentos. Margot o incentivou e elogiou sua dedicação, lembrando-o de que ele sempre fora um estudante brilhante; Paul sempre dizia que ele fora o cara mais inteligente que já passara pela Odlen.

A conversa continuou animada, com os dois relembrando histórias engraçadas da época da faculdade e compartilhando suas expectativas para o futuro. Eles se sentiam gratos por terem mantido uma amizade tão próxima. Enquanto desfrutavam da atmosfera acolhedora do Luke's Bar & Grill, Margot e Ethan perceberam que o tempo tinha voado. Eles pediram a conta e se levantaram da mesa.

Depois de saírem do restaurante, eles caminharam pelas movimentadas ruas de Nova York, apreciando a energia vibrante da cidade e a companhia um do outro. Sabiam que tinham uma amizade verdadeira e duradoura, e estavam ansiosos para o que o futuro reservava para ambos.

Margot se despediu de Ethan e pegou um táxi depois de caminhar um pouco com o amigo. Ele também foi embora, mas, como sempre, caminhando. Ethan andou pelas ruas barulhentas de Nova York, enquanto apreciava a brisa suave que soprava entre os arranha-céus da cidade. Seus pensamentos se voltaram para a conversa com Margot e as lembranças compartilhadas.

No caminho, refletiu sobre o momento atual de sua vida. Ele se sentia grato por ter uma carreira estável na Cattle Tex e por estar envolvido em um campo que despertava seu interesse. No entanto, também sentia uma pitada de inquietude, uma sensação de que havia algo no Texas, depois da morte de seu avô, um desejo de ficar por lá e dividir mais a vida com seus pais; isso estava gritando dentro dele.

Os prédios imponentes ao redor o faziam pensar sobre as oportunidades que a cidade oferecia, também. Havia tantas pessoas, tantos sonhos e possibilidades se cruzando diariamente nas ruas de Nova York.

Ethan se perguntou se estava aproveitando ao máximo tudo o que a cidade tinha a oferecer, se perguntando se ela iria oferecer algo para sua vida.

Enquanto continuava sua caminhada, ele decidiu que era hora de se permitir um pouco mais. Ethan fez uma lista mental de coisas que desejava fazer. Sentiu uma chama de empolgação acender dentro de si.

Chegando em casa, sentou-se em sua poltrona favorita, abriu uma garrafa de vinho e olhou pela janela. Decidiu, a partir de então, mergulhar no seu trabalho e planejar maneiras de ajudar seu pai e evitar que fosse preciso vender a fazenda de seu avô. Depois, ligou para Bella a fim de saber como fora sua entrevista. Ele aguardou alguns segundos, até que a voz animada de Bella respondeu do outro lado da linha.

— Alô? Ethan! Que bom ouvir sua voz!

— Bella! Como foi a entrevista? Me conte tudo!

— Ethan, a entrevista foi incrível! Eles estavam realmente interessados na minha jornada e me trataram superbem. Conversamos sobre minhas influências literárias e até mesmo discutimos algumas ideias para possíveis projetos futuros. Foi uma experiência emocionante, até me senti importante.

— E você é, meu amor, é muito importante mesmo!

Depois de uma longa conversa com Bella, Ethan voltou à sua mesa de trabalho. Com determinação renovada, retomou sua pesquisa sobre programas de desenvolvimento agrícola e subsídios, para o artigo da semana.

Enquanto pesquisava e escrevia seu artigo, sua mente começou a se encher de ideias e possibilidades. Ele se sentia inspirado pelo encontro com Margot e a conversa animada com Bella.

Dois dias se passaram. Ethan concluiu seu artigo e Bella estava na cidade novamente depois da entrevista e de participar como ouvinte de um evento em Harvard.

Ela foi até a casa de Ethan, mas ele não estava. Ligou para ele e descobriu que estava na garagem que alugara para a picape, perto do corpo de bombeiros, ali mesmo no East Harlem, apenas um pouco mais acima da rua 112.

Ethan pediu que ela esperasse na frente do seu prédio. De repente, ela ouviu um barulho; era Ethan com a caminhonete. Como era sábado, ele queria sair, então convidou Bella para pegarem a Henry Hudson Parkway, a estrada que margeia o rio Hudson.

Ela entrou no carro com um sorriso aberto, beijou e abraçou Ethan antes de saírem. Enquanto passavam pelo Harlem, eles admiraram a energia vibrante do bairro. Chegando ao Holcombe Rucker Park, deram uma rápida olhada no parque e observaram as pessoas jogando basquete. Ethan jurou que tinha visto Kobe Bryant naquela quadra um dia desses. Bella ficou fascinada com o lugar e prometeu a si mesma que um dia retornaria para assistir a uma partida.

Em seguida, eles voltaram para a estrada e continuaram dirigindo em direção ao sul de Manhattan. Essa rodovia proporciona vistas deslumbrantes do rio Hudson, com suas águas serenas e a vista de Nova Jersey do outro lado. Ethan e Bella aproveitaram o cenário enquanto conversavam.

Chegando ao Soho, encontraram um local para estacionar e decidiram explorar o lugar a pé. Percorreram as ruas, entraram em algumas galerias de arte e Bella se encantou com a atmosfera artística do bairro, fazendo anotações mentais para futuros projetos de escrita. Eles passaram a tarde caminhando pelo Soho, experimentando delícias culinárias e apreciando o charme arquitetônico do bairro. Caminharam até Tribeca, onde não ficaram muito tempo, e retornaram para o Soho, onde ele contou para ela do almoço com Margot, do garçom sangrando e das coisas que andara pensando sobre o trabalho, a fazenda e a vida. Bella disse que acreditava que ele devia, sim, fazer o possível para salvar a fazenda de seu avô e que, se fosse preciso ir para o Texas por um tempo, ele devia fazer isso.

Ela contou que se arrependia de não ter voltado para a Itália para ajudar sua família, mas infelizmente não pôde na época.

— Você pode trabalhar remotamente e não tem vínculo em Nova York — disse Bella, enfática.

Ele discordou dela; disse que sentia que precisava ficar, e desejava construir sua vida ali na cidade ao lado dela. Ela entendia, mas também se sentia um pouco mal, pois agora se via como um peso, alguém que estava travando as decisões de Ethan; mesmo assim, ela não respondeu.

Depois disso, eles mudaram de assunto para falar de um anão fantasiado de mini-Hulk que estava no meio da rua segurando o cartaz de um restaurante vegano. No fim do dia, quando o sol começou a se pôr, eles voltaram para a caminhonete e dirigiram de volta para casa pelo mesmo trajeto por onde vieram. Bella abriu o vidro da caminhonete para sentir o vento em seus cabelos, enquanto o brilho do sol se pondo refletia no espelho retrovisor e iluminava seu rosto. Ethan olhou para o lado e viu Bella, com seus olhos fechados e um sorriso de felicidade, como se estivesse voando ou algo assim. O dia tinha sido muito bom para ela tanto quanto fora para ele, e isso bastava, pois fazê-la feliz nem que fosse por algumas horas ou até poucos minutos era uma das melhores coisas para Ethan.

CAPÍTULO XII

O mês passou rápido. Bella concluiu seus compromissos, agora tendo apenas os artigos semanais no jornal, então seus dias seriam menos agitados. Ela precisava disso, pois sabia que Ethan precisava um pouco mais da presença dela.

Ela o convidou para passar a semana no apartamento dela, ele disse que iria no fim do dia, pois estava resolvendo alguns assuntos para o Rancho Keynes a pedido de seu pai.

Adam sentia seu filho trabalhando com entusiasmo, buscando oportunidades para impulsionar o rancho mesmo estando longe. Ethan sabia que a situação estava delicada, seu pai tinha seu próprio negócio e não poderia cuidar de tudo sozinho por lá. Ele estava pensando se a venda talvez não seria a melhor opção para família mesmo.

Porém, sempre lembrava de sua infância, seus avós e toda a história que aquele lugar carregava; ele não queria que isso se perdesse, mesmo que o dinheiro ajudasse muito seus pais. Mais um dilema, mais uma decisão, mais desafios: era assim a vida de Ethan Keynes nos últimos anos.

Quando o sol começava a se pôr, Ethan chegou ao apartamento de Bella, trazendo consigo a boa energia que acumulara durante o dia. E assim seguiu a semana, Ethan mais tranquilo, Bella percebendo que ele voltara a ser um cara mais leve, que gostava de se divertir.

Durante sua estadia no apartamento de Bella, Ethan encontrou tempo para se inspirar em meio a tantos livros e trabalhar em seu projeto de aspirante a escritor no futuro.

Resolveu sair um pouco de seu trabalho de colunista técnico e escrever com "o coração na ponta da caneta". Então, redigiu um texto sobre a fazenda de sua família, retratando a capacidade de um lugar ganhar valor a partir das histórias que nele aconteceram.

Decidiu mostrar o texto a Bella, mas, assim que ele falou sobre o que se tratava, ela o interrompeu subitamente, pegou o tablet e resolveu mostrar para ele um artigo que escrevera alguns meses antes; era sobre o "poder das histórias nas vendas de imóveis".

Inspirado pelo artigo de Bella, Ethan compartilhou com ela o texto que escrevera sobre a fazenda de sua família. Ele expôs a riqueza das histórias que ecoavam pelas terras, descrevendo a tenacidade dos agricultores e a conexão especial que eles tinham com a natureza.

Enquanto Bella lia o texto, suas emoções se misturavam. Ela reconheceu a honestidade e a autenticidade nas palavras de Ethan, e foi cativada pela maneira como ele conseguira capturar a essência da fazenda e sua importância para a família.

No outro dia de manhã, Bella foi até o Dunkin pegar alguns donuts enquanto Ethan preparava o café da manhã.

— Voltei! — disse ela, com os pacotes na mão.

— Eu preciso disso! — Ethan respondeu. Eles se sentaram para tomar café e Bella demonstrou uma inquietação, sentindo que precisava dizer algo importante.

Então ele disse:

— Fala, meu amor, do que você precisa?

— Eu não quero opinar na sua vida, mas acredito que depois que o inverno terminar precisamos voltar para Goldthwaite.

— Sim! Meu pai sempre diz que está tudo bem por lá, mas eu sei que ele fala isso porque não quer que eu retorne e abandone minha vida aqui. Ele disse que o melhor é eu ficar.

— Mas e você, Ethan? Realmente acredita que deixará algo se for?

— Eu ainda não sei. Sempre quis morar aqui, mas gosto muito de lá, principalmente Goldthwaite, pelas boas lembranças que tenho naquele lugar.

— Então vá para o Texas. Faça isso. Será o único jeito de saber.

Bella estava disposta a ajudar Ethan e sua família com o que fosse preciso. Apesar de ser uma pessoa muito mais urbana, o seu último livro fizera tanto sucesso, e sua coluna ganhava notoriedade, então ela sentia que sua vida agora estava em uma vitrine da qual não conseguia sair. Talvez ir para o Texas e se esconder um pouco fosse uma ideia que pudesse resolver seu desejo de ter de privacidade.

Com tudo definido, planejaram a viagem para dali a três semanas. Ethan pensou em retornar por terra com a Chevy até Brownwood; ele gostara da aventura e agora conhecia o trajeto, seria mais fácil.

Antes de ir, ele precisa se encontrar com o velho Dean, pois ainda estava com as chaves da cabana dele e precisava entregar. Marcou com ele no bar depois do almoço, pois era um horário em que Dean estaria acordado.

O velho estava nos fundos do bar, trabalhando no motor de uma Harley Davidson.

Ethan estacionou a Chevy ao lado. O velho pegou de dentro de uma caixa de ferramentas um charuto e acendeu ali mesmo, com um pequeno maçarico, ao lado de um tonel de gasolina velho.

— Tudo certo, Dean? — disse Ethan.

— Filtro de óleo! Preciso de um novo, então nada certo, meu garoto.

— Vamos comprar um; eu te levo.

— Certo, deixa eu trancar a porta do bar — avisou o velho, enquanto apagava o charuto na borda do galão de gasolina.

Ethan não acreditava na cena que estava vendo, não sabia se corria ou não. Mas no fim agradeceu por estarem todos vivos por ali. Eles foram comprar o filtro e retornaram. No caminho, Ethan contou o quanto haviam desfrutado da cabana e agradeceu o empréstimo.

O velho contou que seu pai tivera uma picape igual àquela e que tinha sido muito bom andar novamente em uma. Disse também que a cabana estaria sempre disponível para qualquer um da família Keynes, a hora que quisessem.

Ethan ficou surpreso e feliz; disse que em breve iria para o Texas, mas que sempre que retornasse a Nova York esperava passar pelo bar.

Voltou para seu apartamento depois disso, e ao chegar, ligou para Jason. Os dois passaram horas conversando por Zoom, já que a correria os impediria de se encontrarem nas próximas semanas. Por falar nas próximas semanas, essas passaram voando, o momento de cair na estrada novamente se aproximava, e dessa vez teria gosto de uma quase despedida; Ethan se sentia como um soldado que seria enviado para a guerra. Você não quer ir, mas sabe que precisa, é uma missão e então você vai.

O inverno terminou e quase três meses haviam se passado desde aquela semana triste no interior do Texas, e nesse tempo Ethan nem teve tempo de sentir saudade de seu avô Bob; muitas coisas aconteceram em pouco tempo desde sua partida.

Ethan e Bella até pensaram em se mudar de vez, mas acabaram decidindo juntos que precisavam de um lugar perene em Nova York, porque sabiam que essa cidade era o ponto onde tudo havia começado. Se tudo ficar ruim, Nova York é o ponto de recomeço para qualquer plano.

Foi então que Ethan conversou com o proprietário de seu apartamento e, juntos ele e Bella fizeram uma proposta generosa para comprar o apartamento diretamente com ele. Conseguiram um bom financiamento. Assim, Bella se mudou para o apartamento da Quinta Avenida.

Para Ethan, isso não seria por muito tempo, pois em breve estariam em solo texano para um novo desafio: salvar a fazenda.

Ele achou engraçado, apesar de ser resultado de um fato triste, que ele agora trabalhava escrevendo artigos para o mercado do agronegócio; estar no Texas, e em uma fazenda, de certa maneira iria ajudá-lo a ter uma visão mais próxima ainda do mercado.

Bella decidiu que precisava ficar mais um tempo em Nova York. A cidade, afinal, era um bom lugar para uma jornalista, já que ali era a sede dos maiores jornais do mundo. Sua vida profissional estava ali, mesmo que seu coração estivesse com Ethan. Alfred a indicara para participar da maior feira de livros da Europa como palestrante — a Feira do Livro de Frankfurt, que acontece anualmente. É um evento importante para a indústria editorial, atraindo editores, autores, agentes literários e outros profissionais de todo o mundo, uma ótima oportunidade para Bella expor seu trabalho e ganhar notoriedade. Apesar de querer um pouco de paz, ela sabia da importância de chegar ao lugar que sempre quisera: ter seu reconhecimento como escritora.

E agora seria assim: enquanto Bella ficaria entre o Texas e Nova York, ele precisaria permanecer por um tempo em sua missão, não deixar morrer junto de seu avô o que era o negócio da família já havia mais de três gerações.

A semana passou voando, com mudança, trabalho e preparações para viajar. Bella viajou para a Itália e Ethan para seu novo lar, melhor dizendo, o velho e querido lar de sua infância. Bella aproveitaria para visitar sua família antes de seguir para Frankfurt, onde encontraria Alfred. Ela viajou à noite, enquanto Ethan sairia dali a dois dias. Já pronta para viajar, ela se despediu de Ethan; ele não iria até o aeroporto com ela, por estar muito ocupado arrumando algumas caixas que levaria para o Texas.

Bella estava muito feliz, mesmo com o coração apertado um pouquinho, pois ficaria algumas semanas sem vê-lo. E assim ela partiu para sua aventura no velho mundo, levando um sorriso que havia muito tempo não mostrava.

Ethan, enquanto embalava alguns objetos, encontrou fotos suas com Bob. Ele se sentou no chão e começou a recordar sua infância tão especial, por causa daquele homem. Algumas lágrimas caíram sobre o chão de madeira, mas ao, mesmo tempo, ele sorria.

O dia de partir chegou, e ao sair, antes de fechar a porta, ele olhou para dentro do apartamento.

— Vou sentir falta da vista desta janela. Até!

Assim ele deu início a mais uma mudança inesperada, com a certeza de que na sua vida a incerteza de direção era algo certo.

Pegou a estrada, já sabendo que precisaria ter paciência, pois a Chevy não podia andar tão rápido quanto um avião. Acelerou na direção de Pittsburgh e sabia que chegaria lá apenas à noite. Mas tudo bem, sem pressa para não forçar o velho motor oito cilindros da picape e correr o risco de não conseguir chegar.

Dois dias na estrada, apenas Ethan e a velha Chevy, rodeados de paisagens lindas e belas estradas onde parecia que o tempo andava lentamente e a vida ficava mais simples por alguns minutos.

Quando via o pôr do sol no horizonte, ele sabia que pararia no próximo hotel de beira de estrada que encontrasse. E assim ele seguiu toda a viagem, entre postos e hotéis, até chegar ao restaurante de seus pais em Brownwood. Deixou a picape lá e foi com sua mãe para casa, na F-150 dela.

Durante a noite, chegou seu pai, que estivera em Goldthwaite, no Rancho Keynes. Ele comprara uma picape mais nova para ele, uma RAM 2500. Ethan ficou impressionado, porque seu pai nunca quisera comprar uma caminhonete nova, mas, depois da partida de seu avô, parece que ele resolvera mudar algumas coisas, pelo visto.

A semana começou com muito trabalho. Já na manhã seguinte à sua chegada, Ethan e Adam foram para Goldthwaite. Ethan tinha mil ideias pra colocar em prática desde já, antes mesmo de tirar suas coisas das caixas em sua nova casa, onde seria o seu novo lar.

Ethan, Adam e Reacher, funcionário do rancho havia mais de dez anos, sentaram-se em uma das mesas atrás da casa para Ethan entender como era o processo produtivo na fazenda e o que podiam melhorar.

Ethan propôs construírem novos galpões com currais, criar ovelhas para consumo e fazer sua produção de silagem para alimentação bovina, o que poderia ser feito com custo reduzido pelo fato de a propriedade já produzir milho. A ideia era boa e entrou para a lista das grandes mudanças a serem implementadas. Porém, Reacher avisou que precisariam de mão de obra; seria necessário contratar mais uns funcionários fixos para a execução desse projeto.

Adam disse que conhecia algumas pessoas em Mullin, uma cidade com menos de duzentos habitantes, localizada cerca de dezesseis quilômetros a nordeste de Goldthwaite. Ethan deixou a cargo de seu pai e Reacher conseguirem o novo funcionário, enquanto isso ele precisaria orçar algumas coisas e fazer compras para a fazenda.

Assim a semana foi passando; apenas no sábado Ethan conseguiu organizar a casa, mas ainda ficaram muitas coisas suas em caixas, e algumas coisas de seu avô para guardar.

As coisas estavam tomando rumo quanto aos negócios, coisa que Adam sempre quisera, porém, o velho Bob não permitia intromissões em seu sistema de gerenciar. Essa tinha sido a principal motivação para Adam sair da cidade com Martha na época em que voltou do Vietnã. Foi aí que nasceu o restaurante em Brownwood.

Por falar nisso, Adam retornou para casa, pois Martha precisava de ajuda com as compras do restaurante antes de ele ir até Mullin. Enquanto isso, Ethan ficou em casa e de sua nova janela via que estava cercado por campo, montanhas e belas paisagens.

O novo lar tinha quatrocentos e vinte e quatro hectares de terra; era uma propriedade lendária na região, além de estar em sua família havia anos. Alguns dias se passaram e Ethan ficou ansioso à espera de Bella; já estava começando a sentir saudades.

Bella ligava para ele todos os dias desde que fora para Europa. Ele contava os dias para revê-la. Ela chegaria dali a uma semana, mas ficaria em Nova York por um tempo antes de ir para Goldthwaite. Enquanto isso, no galpão da fazenda, Leroy, o veterinário, que fora grande amigo de Bob, estava se preparando para examinar as vacas a fim de avaliar a sua condição de saúde e determinar quais estavam prontas para a inseminação. Reacher e Adam separavam o gado, enquanto Ethan registrava em uma planilha as selecionadas.

CAPÍTULO XIII

Passaram-se alguns dias de muito trabalho. Inseminaram o gado, mas o trabalho não parava. Com os novos planos, as coisas estavam intensas.

Ethan já estava se habituando com a lida na fazenda; ele estava dando seu máximo todos os dias, como fazia no café e na Odlen.

E não era nada fácil, pois estava chegando verão e os dias começavam mais cedo, muitas vezes antes do nascer do sol. Os animais precisavam ser alimentados e a água precisava ser verificada para garantir que teriam acesso suficiente a ela.

Depois, os trabalhadores se dividiram para realizar diferentes tarefas. Alguns cuidavam dos animais, verificando se havia ferimentos ou doenças e tratando aqueles que precisavam de medicamentos. À tarde, as atividades se intensificavam novamente, com a alimentação e a verificação da água, além das cercas para revisar sempre.

Com as ovelhas na fazenda, Ethan precisava separá-las do rebanho principal para tratar delas várias vezes na semana; ele não imaginava que aqueles animais fofos dessem tanto trabalho.

Mas isso era necessário, porque elas eram mais suscetíveis às doenças do que os bovinos. Ethan agora sabia disso na prática, mas tinha um gosto especial por ovinos, que eram criados na propriedade na época em que ele era criança; eram os animais preferidos de sua avó Elizabeth.

No final do dia, os animais precisavam ser alimentados novamente e a água devia ser verificada antes que todos pudessem se recolher. O trabalho era árduo, mas era gratificante saber que ele estava produzindo alimento para as pessoas.

Bella já estava de volta e se encontraria com Beatriz no apartamento deles em Nova York. Ela ligou para Ethan e os dois conversaram por horas. Ela estava ansiosa para encontrá-lo na fazenda.

— Ethan, você está dando conta da fazenda e dos artigos?

— Sim, está bem complicado, mas trabalho de dia na fazenda e de noite escrevo. Como a coluna é semanal, consigo fazer o trabalho em três dias sempre.

— Ótimo, Ethan, fico feliz que esteja conseguindo. Como vão as atividades aí na fazenda?

— Geralmente começamos bem cedo, antes mesmo do sol nascer, para alimentar e dar água para os animais. Durante o dia, cada um tem uma tarefa. Eu, por exemplo, costumo cuidar das cercas, das compras e da papelada, enquanto Reacher se dedica aos animais, verificando se estão saudáveis e tratando aqueles que precisam de cuidados. Sempre que posso estou com ele para aprender um pouco mais.

— Você está conseguindo almoçar?

— Sim, no meio do dia as atividades são mais tranquilas, e muitos animais descansam à sombra ou pastam nos campos. Aproveitamos esse tempo para descansar e almoçar antes de retomar as atividades.

Eles conversaram por mais alguns minutos e pararam, pois no dia seguinte Beatriz viria visitá-la pela manhã e Ethan teria que ir até Brownwood buscar a caminhonete que estava na garagem do restaurante; estava precisando de um veículo com caçamba agora.

Na semana anterior, Bella começara a preparar suas malas para ir para o Texas. Beatriz estava com ela nesse dia, e o pequeno John também estava por lá. Ethan estava em Brownwood para almoçar com Adam e Martha, conversando sobre o andamento das atividades na fazenda. Seus pais estavam preocupados com as inovações no Rancho Keynes, mas confiavam nele e sabiam que era capaz.

Ele admitia que precisaria de mais ajuda logo; sem isso, não seria fácil tocar o negócio. Adam disse que Reacher estava cuidando disso, e que na semana seguinte apresentaria alguns candidatos.

Já de volta a Goldthwaite, Ethan aguardava Bella, que chegaria nesse dia. Desde que estavam juntos, nunca tinham ficado tanto tempo separados assim. Apesar de a correria na fazenda fazer o tempo passar mais rápido, não fora o suficiente para o coração de Ethan sossegar.

Bella chegou, Martha a levou até a fazenda e depois retornou para Brownwood. Bella sentia-se viva, radiante naquele lindo dia de céu azul. Ao ver Ethan, ela abriu um sorriso, e nesse exato momento uma nuvem escondeu o sol. Foi como se o sol ficasse intimidado com o brilho dos olhos de Bella e resolvesse se esconder — pelo menos foi isso que passou pelos pensamentos de Ethan naquela hora.

Agora Ethan se sentia completo. Apesar das notícias vindas de Forth Worth sobre uma possível exploração petrolífera em expansão na cidade, tudo estava em ordem.

Reacher até encontrou um jovem caubói para trabalhar na fazenda; ele se chamava Jacob e era de Mullin. O gado estava ganhando o peso ideal; Ethan controlava tudo por planilhas. Agora parecia que os rumos do Rancho Keynes estavam alinhados como Ethan queria.

Graças ao aumento da produção em poucos meses, eles conseguiram fechar contratos com grandes distribuidores e supermercados, e a demanda pelos produtos da fazenda só crescia, o que levou Ethan a deixar seu emprego como redator. Agora ele se dedicava à propriedade e às vezes escrevia alguns artigos.

O Rancho Keynes transformava-se numa referência na região pela qualidade dos produtos e pela forma sustentável e responsável como eles cuidavam da produção.

Tudo estava aparentemente bem no interior do Texas, até que em uma noite Ethan acordou e viu uma luz vinda de dentro do galpão onde ficava o trator; poderia ser alguma lâmpada ligada ou até mesmo algum princípio de incêndio.

No entanto, quando se aproximou para verificar, a luz sumiu e ele se lembrou da velha história contada por seu avô, sobre o pai de seu amigo de infância. Com o coração acelerado, ele caminhou, mas desacreditou da coincidência dos fatos. Chegou a rir, entrou lá e não era nada a princípio.

Quando estava saindo do galpão, pisou em algo, um papel. Sim! Era um envelope com um pequeno símbolo no canto inferior; ele achou que alguém estivesse brincando, mas percebeu que apenas ele sabia dessa história.

Pegou o envelope sem remetente, que continha um papel de carta em seu interior. O papel estava em branco, até que o esperado e improvável ocorreu. Palavras se iluminaram no papel lentamente e falaram com Ethan. Elas não sumiram como na história contada pelo seu avô; acabou se formando um pequeno texto que aparentava estar escrito em latim, com uma espécie de caneta muito fina e de uma coloração levemente marrom:

"Sequere cor tuum et noli timere difficultates in deliberando. Semper memento quis es unde venisti et numquam amittas tuos mores ac principia. Esto semper verus tibi et iis qui te circumstant, et nunquam sinas successum aut divitias affectare tuam humilitatem ac gratitudinem".

Ethan correu com a carta para dentro de casa e copiou em outro papel as palavras, com medo de que a mensagem desaparecesse. Sabendo que Bella entendia o latim, decidiu pedir a ajuda dela para traduzir a mensagem.

Mas era tarde, então ele decidiu dormir e deixar para ver isso no outro dia: de repente era tudo um sonho, pensou. Na manhã seguinte, ele acordou, procurou a carta e não a encontrou; misteriosamente, havia desaparecido. Pensou, um tanto aliviado, que tudo fora apenas um sonho. Porém, as palavras anotadas em um papel que ele guardara na gaveta da cômoda ainda estavam lá. Seu coração disparou e ele se sentou na cama.

— Preciso te contar uma coisa um pouco estranha que acontece ontem à noite — disse ele, calmamente.

Ele então contou a Bella o que pensava ter acontecido de madrugada, porém, não tinha como provar nada e nem certeza do que era real, apenas suas palavras e um texto em latim escrito por ele mesmo no verso de um papel de recibo de pagamento antigo de seu avô. Mesmo desconfiada, Bella decidiu ajudá-lo a compreender a mensagem da carta. E a carta dizia as seguintes palavras, segundo a tradução feita por Bella:

> "Siga seu coração e não tenha medo das dificuldades na tomada de decisões. Lembre-se sempre de quem você é e de onde você veio e nunca perca sua moral e princípios. Sempre seja verdadeiro consigo mesmo e com aqueles ao seu redor e nunca deixe o sucesso ou a riqueza afetar sua humildade e gratidão".

Era impossível saber a origem certa da suposta carta e não desconfiar da possibilidade de ele ter visto o papel antes e ter sonhado depois de beber algumas doses de Whiskey.

Desse dia em diante, essas palavras o guiaram, mesmo que para descobrir isso antes fosse preciso andar muito longe, por lugares diferentes e navegar em outros rumos até sentir-se no caminho certo. No outro dia de manhã seguiu refletindo parado em frente à janela do celeiro. Sentindo o cheiro de café passado por Bella, Ethan contemplava o pôr do sol, sentindo-se grato por todas as conquistas desde que seu avô partira. Ele sabia que Bob ficaria orgulhoso.

PARTE 2

CAPÍTULO XIV

Terça-feira, 6h10 na pacata Goldthwaite. Ethan estava sentado na varanda de sua casa, observando o sol nascer sobre os campos. As lembranças de sua vida em Nova York dançavam em sua mente inquieta. Nos últimos dez meses, ele trabalhara tanto que nem tinha ainda pensado com calma na partida de seu avô, na grande mudança que fora para Bella e todas as outras coisas. Ele se lembrou então de que tinha um plano de vida com Bella lá em Manhattan e agora estava ali e não mais lá, educando sua vida como sempre sonhara.

Ele sabia que seu propósito e compromisso era com o rancho, mas era impossível não lembrar da *Big Apple*, dos cafés cheios de vida, do rugido constante do metrô e das luzes cintilantes que transformavam a noite em dia. As ruas movimentadas onde rostos desconhecidos se cruzavam em um balé urbano pareciam distantes, como se pertencessem a outra vida.

Enquanto o sol nascia, Ethan ponderou sobre a dualidade de suas escolhas. A vida no rancho oferecia uma liberdade que Nova York não podia dar, mas também carecia da energia e diversidade da cidade. Ele se perguntou se um dia seria possível equilibrar as duas realidades. Assim, cada lembrança, cada rua pavimentada em sua história, era uma peça do grande quebra-cabeça que o trouxera até ali, na varanda, contemplando o amanhecer de uma vida que continuava a se desdobrar sobre os campos áridos do Texas. Do lado de dentro da casa, Bella acordou e viu pela janela Ethan sentado na varanda, vestiu uma camisola e preparou o café da manhã para eles.

— Ethan, você está aí? O café está pronto!

— Ok, amor, já estou indo! — ele respondeu, com os raios de sol já batendo com força em seu rosto, misturados com uma leve brisa vinda dos campos.

Após o café, Ethan ajustou o chapéu de caubói enquanto caminhava em direção ao celeiro, onde Reacher, o fiel capataz, aguardava. O sol, agora plenamente no céu, pintava os campos de tons dourados, e o cheiro fresco da manhã estava impregnado com a promessa de um dia bom.

Reacher, um homem de poucas palavras, acenou com a cabeça em cumprimento, e os dois começaram a traçar o plano do dia.

— Parece que algumas cercas caíram no campo do leste, e precisamos consertá-las antes que o gado fuja para o campo do vizinho — disse Reacher. — Isso não seria nada bom, já que o vizinho não é muito amigável, devido a uma velha discussão com seu avô em um leilão de gado alguns anos atrás.

Depois da conversa, os dois pegaram as ferramentas e foram para o campo com os quadriciclos novos que Ethan pedira para comprar. À medida que trabalhavam, o sol subia no céu azul, fazendo Ethan refletir sobre o que sentira de manhã. Cada poste de cerca fincado na terra era um elo entre a história da família Keynes e a vastidão do Texas. Os campos se estendiam até onde os olhos podiam ver, uma extensão de liberdade que contrastava com as ruas de Nova York, onde grandes espaços eram cada vez mais raros.

Eles seguiram trabalhando nas cercas até próximo ao meio-dia, quando foram para a casa para almoçar. Bella preparara carne de porco assada com purê, arroz branco e salada de rúcula. Depois do almoço, Ethan foi organizar os fardos de feno no celeiro e Reacher assumiu a tarefa de alimentar o gado, distribuindo feno fresco e água. Os animais recebiam o alimento e o silêncio do campo era quebrado apenas pelos sons de mugidos, mastigação e cascos no solo. Ethan ainda precisava enviar um e-mail com uma lista de compras para seu pai, que viria na manhã seguinte.

No fim da tarde, com o gado alimentado, o feno organizado, as cercas reparadas e o rebanho seguro em seus domínios, Ethan voltou para a velha varanda e se sentou no antigo banco de sua avó, onde acompanhou calmamente o pôr do sol pintar o horizonte de laranja e rosa, desta vez na companhia de Bella. Ela estava contando que falara com Beatriz; sua amiga havia ido a uma livraria em Nova Jersey, e vira um grupo de quatro pessoas, uma delas com o livro de Bella nas mãos. Eles falavam sobre o livro, sentados em pufes. Tinha sido por isso que se lembrara de ligar; já fazia muito tempo que as duas não se falavam.

Enquanto Bella falava, Ethan olhava para a frente, admirando o pôr do sol no horizonte e o efeito que os últimos raios faziam nas nuvens. Isso novamente o fez lembrar de Nova York, principalmente da vista de sua janela.

No outro dia o trabalho seguiu. Adam chegou cedo com remédios para as ovelhas e as peças novas para consertar a enfardadeira do feno. Naquele dia, o trabalho de Ethan seria mais no escritório; Jacob estava de volta para ajudar Reacher.

Bella estava tentando escrever algumas coisas, porém, não conseguia e decidira ir para o celeiro cuidar dos cavalos da fazenda. Ela gostava muito, porque na infância, na Itália, seu pai era empregado de um clube de hipismo e sempre nos fins de semana a levava para passar o dia com ele e os cavalos em treinamento.

Ethan estava verificando as contas da fazenda e descobrira que havia uma dívida alta, e ele não sabia de nada antes de investir em inovações tecnológicas, o que deixava as coisas um pouco tensas. Precisavam de chuva para o milho e as pastagens. O problema era que o clima não andava bom esse ano e a projeção de lucro estava baixa. Ele precisava contar com a chuva e esperava que os preços do mercado não sofressem nenhuma grande alteração; isso poderia ser o fim da fazenda da família.

A semana passou e as coisas ficaram um pouco mais tensas, o preço do feno começou a subir e a plantação não estava no tempo ideal. Ethan não sabia o que fazer, e já estava negociando a venda de algumas ovelhas para outra fazenda da região. Chegou a ir até Mullin durante a tarde para falar com alguns criadores de ovelhas, mas todos estavam passando por um momento ruim e não demonstraram interesse.

O outro dia amanheceu nublado. Ethan acordou e abriu a janela.

— Lindo dia! Maravilhoso dia!

— Ethan? Você está bem? — perguntou Bella, achando tudo aquilo muito estranho.

— Estou ótimo! Vamos levantar. Vou preparar ovos mexidos e bacon! Eu sei que você gosta.

— Tudo bem, vamos. Eu estou precisando de bacon.

A felicidade de Ethan era impossível de não ser percebida, e tudo ficou mais intenso depois do café, quando saiu na varanda e percebeu que estava começando a chover.

Ele saiu na chuva e ficou sentado no chão, como se estivesse em uma praia em Miami, sorrindo e olhando para cima. Aquilo era uma benção vinda dos céus no tempo certo, pois o milho não poderia esperar mais nem um dia.

Assim foi naquele fim de semana, de chuva e esperança pela fazenda. Ethan, agora mais aliviado, pôde trabalhar com mais tranquilidade. Ele sabia que não seria fácil, mas seu pai confiava que ele poderia dar conta das dificuldades de ser um rancheiro e honrar a velha marca KR. A propriedade iniciara no começo do século XX com seu tataravô, Harry B. Keynes, que conquistara essas terras com sangue, suor e pólvora, defendendo-as até passá-las para seu bisavô, Harry B. Keynes II, pai de Bob. Ethan seguia seu legado e ampliava sua extensão.

Dentro da casa existiam diversos quadros e fotografias antigas que mostravam a história. Em uma delas, seu bisavô posava montado a cavalo em frente ao rancho, como se fosse um cavaleiro templário.

Sempre que podia, Ethan parava na frente dessa imagem e se punha a pensar em como seu pai e ele fariam para que tudo que seus antepassados fizeram não fosse esquecido nem ficasse em vão. Essas e outras questões não tinham uma resposta única nem exata, mas ele sabia que algo próximo da resposta seria encontrado com dedicação e trabalho duro.

No outro dia, pela manhã, Ethan e Jacob saíram para revisar o gado do campo dos fundos. Reacher foi de quadriciclo até outro campo levar sal para o gado enquanto eles encilhavam os cavalos. Jacob montou um cavalo tordilho, um potro novo que havia sido domado fazia pouco tempo; já Ethan montava o gateado que pertencia a Bob, animal mais manso, com alguns anos de trabalho nas costas.

Os dois, depois de encilhar no galpão do rancho, saíram para o campo, Ethan mais à frente, à esquerda e Jacob um pouco mais atrás, à direita, com um laço nos arreios, ambos a trote manso até cruzar a primeira porteira e Ethan afrouxar as rédeas e cutucar o gateado com as esporas, obrigando Jacob a também inicia um galope no tordilho.

Logo adiante encontraram uma das vacas com um pequeno corte em uma das patas, então pararam e observaram com calma para ver se mais alguma estava com algum machucado. Ethan deteve o cavalo e avisou Jacob.

— Você laça, eu chego e coloco o remédio!

— Certo, saia pela esquerda que eu a pego mais adiante.

E assim foi feito. Num tiro certeiro ela estava laçada e se estaqueando, lutando para fugir do laço, tempo suficiente para Ethan colocar o remédio (spray azul) em segurança no pequeno corte, para evitar moscas e infecções. Em mais alguns minutos, Jacob avistou uma das vacas um pouco mais afastada do rebanho; visualmente ela não tinha nenhum ferimento, porém, eles precisavam se aproximar um pouco mais, porque sabiam que esse comportamento não era normal e podia indicar alguma doença ou outras situações que requeriam uma atenção um pouco mais individualizada. A cada vez que Jacob e Ethan tentavam se aproximar, ela se afastava mais.

Foi aí que Jacob sugeriu que ele poderia laçar o animal para Ethan se aproximar, o que parecia a melhor opção até aquele momento, já que o curral do rancho estava longe para eles a conduzirem até lá, sem dizer que teriam que passar mais duas porteiras até conseguirem. Ethan concordou e Jacob se preparou, fez a volta no cavalo, deixando-a na direção do campo aberto, com ele do lado oposto.

Ethan se afastou pelo flanco esquerdo para acompanhar paralelamente. E, nesse momento, Jacob avançou a galope na direção dela com o laço armado, girando acima de seu corpo com maestria. Ele então apertou as pernas, apoiou o peso no estribo esquerdo e enquadrou o corpo da vaca para arremessar o laço. Porém, o inesperado aconteceu. De maneira súbita, seus arreios se afrouxaram, fazendo-o girar para o lado esquerdo, onde estava pondo seu peso para laçar. Ele girou a ponto de seu pé direito subir e entrar acidentalmente na armada do laço; caiu com o laço preso em seu pé, e o tordilho instintivamente seguiu na direção da vaca, arrastando-o por alguns metros. Ethan avançou rapidamente para ajudar Jacob, gritando alto e forte com o tordilho em disparada, que estranhamente o obedeceu e parou, dando tempo para Jacob tirar o laço de sua perna direita.

O susto foi grande; por sorte o cavalo parou ao escutar Ethan, porque mais à frente o campo era raso e havia pedras que poderiam machucar Jacob e até matá-lo.

Após o acidente, Ethan pediu para Reacher, que estava nos campos ao lado, levar Jacob no quadriciclo; ele foi atrás do tordilho com seu cavalo e o conduziu até o celeiro. Um dia de fortes emoções na lida do Rancho Keynes, mas apesar do incidente o trabalho foi bom, tinha sido possível revisar o rebanho e ver de perto várias coisas que entraram no planejamento do próximo semestre.

CAPÍTULO XV

Era chegado o início da primavera, época da venda dos touros da fazenda, muito trabalho para manter o peso dos animais, que agora necessitavam de ração suplementada. Reacher e Jacob orientavam os peões enquanto Ethan seguiu para Brownwood a fim de analisar as propostas da semana.

No final da semana, a venda dos touros foi concluída com sucesso para um comprador de Austin, que enviou caminhões para buscá-los. Ethan retornou ao rancho, satisfeito e orgulhoso, o trabalho compensara este ano que passara. Os resultados das negociações superaram todas as expectativas, o que significava um futuro promissor para a fazenda.

Com a receita da venda, Ethan planejou investir em melhorias na infraestrutura da propriedade, para facilitar o manejo dos animais e a colheita do milho.

À noite, na cama, Bella não estava bem, porém, não tinha ainda conversado sobre o assunto. Ela não estava mais conseguindo escrever. Bella sentia a página em branco encarando-a, implacável. A inspiração, outrora fluente como um rio, havia secado como um deserto escaldante. O bloqueio criativo a dominava, um inimigo invisível que a assolava, e isso estava tirando sua paz.

Ela decidiu então que estava na hora de conversar com Ethan sobre a situação que estava enfrentando, pois algo precisava ser feito para ela conseguir retomar sua produção no ritmo de antes.

Ela adormeceu, acordou no outro dia e foi até a cozinha, onde Ethan estava preparando ovos mexidos com queijo para o café da manhã. Ela o ajudou a preparar a mesa, colocando uma toalha bordô, os pratos, xícaras e talheres. Ele pegou o café e então se sentaram. Bella sabia que aquele momento era o ideal para conversarem.

— Eu não estou muito bem, me sinto um pouco estranha ultimamente.

— O que houve, meu amor? O que houve?

— Algo está diferente, não consigo escrever, estou com dificuldade para pensar, minha concentração está péssima e estou tendo bloqueios com uma frequência maior do que a normal.

— Mas o que é? Será estresse?

— Estresse, Ethan? Estamos em uma fazenda com uma natureza linda por todos os lados, não sinto isso. A nossa janela é como se fosse um quadro vivo. Certeza de que não é estresse, é algo diferente.

— Mas então, o que será?

— Eu não sei! Mas talvez ansiedade ou eu precise mudar de ambiente para conseguir escrever. Pensei muito em irmos para Nova York por algumas semanas e ficarmos lá até eu saber. E, se não mudar, lá mesmo existem profissionais que podem me ajudar com isso. O que acha, Ethan?

— Nova York? Você gostaria de viajar para outro lugar, Bella?

— Não, Ethan, não é questão apenas de viajar; preciso me sentir em casa, sabe? E lá nós já temos um apartamento e minha antiga terapeuta.

— Tudo bem, vou organizar umas coisas este final de semana com Reacher. Ele consegue dar conta daqui muito bem.

— Sim, ele trata este lugar como se fosse dele.

— Verdade! Então, assim que pudermos vamos para Nova York, ok?

— Obrigada por me entender. Eu sei que voltar para lá tão cedo não estava em seus planos.

— Bella, seu bem é o meu plano principal, você sabe.

Após o café ela foi para o jardim olhar suas plantinhas e Ethan seguiu para o escritório do celeiro. Chegando lá, o telefone tocou; era seu pai.

— Bom dia, pai, tudo bem por aí?

— Tudo... em parte — respondeu Adam.

— Como assim? — Ethan ficou preocupado.

— Lembra que te falei que financiamos nossa casa para salvar a queda de faturamento do restaurante e pagar a hipoteca da casa da cidade?

— Sim, lembro, pai! Mas o que quer você dizer com isso? Seja mais direto, por favor!

— Pois então, estamos em queda faz alguns meses e ainda estamos pagando o banco. E agora, pelo que calculei, se continuarmos assim, vamos correr o risco de não conseguir pagar nos próximos meses, e isso é complicado, porque terei que optar entre gastar para demitir os funcionários ou atrasar e perder igualmente boas pessoas que estão comigo já faz alguns anos; você os conhece bem, Ethan.

— Claro! Pai, por que não me falou sobre isso? Eu não sabia!

— Você me conhece, filho. Não sou homem de pedir essas coisas e não quero dinheiro.

— Certo, vamos resolver. Venha aqui hoje jantar e vamos pensar em algo que possamos fazer, talvez vender algumas vacas aqui da fazenda.

— Não, isso não faremos. Mas combinado, conversamos. Até logo, filho.

Adam era muito relutante em vender as vacas de seu finado pai para ajudá-lo a sair de um problema que era dele, ainda mais por se sentir um pouco culpado por deixar Goldthwaite para ir para Brownwood. Ethan nunca soubera muito bem sobre isso; Adam sempre evitara falar nos motivos para ter abandonado a fazenda e nunca pedira um centavo de ajuda para Bob.

O dia seguiu na fazenda. No final da tarde Ethan e Reacher conversaram sobre os próximos passos da propriedade, revisando todo o planejamento do ano. Enquanto isso, Jacob e Leroy examinaram algumas vacas que estavam apresentando sintomas de mastite.

Na casa, Bella preparava o jantar para esperar Adam e Martha, enquanto na televisão passava um documentário sobre vacas holandesas que foram vendidas para uma fazenda em um país tropical e tiveram sua produção de leite reduzida por causa da mudança de clima, que afetara seu conforto térmico habitual.

Foi impossível Bella não refletir e sentir o que aquelas vacas estavam passando. Por mais que ela não percebesse até agora, estava constatando que a mudança para o Texas a levara para um novo clima, com pessoas que pensavam diferente, em uma cidade com outro ritmo, outros cheiros e sabores, não piores ou melhores, porém, diferentes. E isso podia ser a causa real de seu baixo rendimento diante do trabalho, explicando alguns bloqueios.

Bella agora estava convicta que devia retornar, porém, para ficar, porque lá era seu hábitat. A grande questão era falar com Ethan sobre essa ideia e viver sem o ar da fazenda e sem suas plantinhas no canteiro. Ethan, Adam e Martha chegaram em casa. Bella os recebeu e todos se sentaram na sala para conversar. O assunto começou, obviamente, em torno da fazenda, mas em poucos minutos Ethan, de maneira bem direta, rompeu o momento de leveza para falar sobre a situação do restaurante.

Adam mudou o semblante, olhou para Martha e começou a falar da situação em que sua família se encontrava. Bella aproveitou para ir até a cozinha ver o jantar e chamou Martha para acompanhá-la.

Ethan questionou seu pai: pagar o financiamento resolveria o problema de uma vez ou não? Seu pai respondeu que infelizmente não; desde que uma nova rede de hotéis chegara à cidade ele não conseguia o mesmo volume de clientes que tinha, e isso estava custando caro; havia até mesmo demitido funcionários para reduzir custos e agora estava prestes a demitir mais um.

— Filho, a situação realmente não está sendo das melhores, já faz meses e não se trata de falta de dinheiro apenas.

— Eu sei, a concorrência é desleal.

— Não é apenas isso. Sua mãe sente dores na coluna, não consegue mais trabalhar por muito tempo e para compensar sua ausência ela teria que contratar mais pessoas.

— Eu não sabia disso, então é pior do que imaginei. Acredito que já é hora de fazer algo e não deixar isso se estender mais.

— Sim, eu realmente acredito que precisamos vender o restaurante e pagar o financiamento. Repensei e não tenho mais a mesma vontade de viver lá. Desde que retornei da guerra, pensava em construir um caminho longe de seu avô, e de fato eu consegui. Mas os tempos mudaram, Ethan, e não vejo mais sentido nisso desde que seu avô partiu.

— Pai, eu entendo o senhor. Fique tranquilo, vamos resolver.

Enquanto isso acontecia, Bella contava sua aflição para Martha, que a apoiou e disse que ela não deveria hesitar em sua decisão. As duas então retornaram para a sala e a conversa entre Ethan e Adam seguiu. Martha trouxe o assunto de Bella para a discussão, e então os quatros chegaram a uma solução que estivesse à altura dos problemas.

Adam venderia a casa em Brownwood e retornaria para a fazenda em Goldthwaite, pois a casa era muito grande e caberiam todos ali, sem dizer que esse era o lugar onde ele nascera e construíra diversas lembranças. Bella e Ethan iriam para Nova York, onde ela tentaria retomar sua carreira; ele iria em busca de alguma inovação para a fazenda ou quem sabe fechar algumas parcerias por lá.

Bella ligou para Beatriz para avisar que estava retornando em breve. Sua amiga comentou que essa tinha sido a melhor notícia do seu dia, pois aquela cidade perdera um pouco o brilho sem Bella por lá.

E assim os dois começaram a fazer seus planos de retorno.

A semana foi passando rapidamente, cada um com um pensamento profundo muito particular. Para Ethan era algo temporário, mas para Bella era como uma resposta sem objeção: sua vida seria em Nova York, apesar de ter gostado muito da fazenda e saber que no futuro talvez fosse um bom lugar para criar seus filhos.

Ethan passou a maior parte da semana no celeiro. Ficou por lá organizando as coisas e separando pequenos objetos para levar consigo. Mas na verdade era mais um ritual de despedida do que outra coisa. Ele estava agradecido pelo que tinha conseguido realizar ali, sabia que a fazenda era seu verdadeiro lar e sempre seria.

— Ethan, você vai levar a Chevy? — perguntou Adam.

— Não, dessa vez vou deixar aqui na fazenda. Alugar garagem em Nova York está muito caro, então, até termos uma casa, ela ficará por aqui.

— Certo, então. Vou deixá-la bem segura no galpão pequeno.

— Sabe, pai, por mais que esteja voltando para Nova York, dessa vez é diferente. Eu realmente sinto que agora terei dois lugares para chamar de casa.

— Que bom, Ethan, que bom! — Adam colocou a mão sobre seu ombro.

Duas semanas depois, lá estava Ethan em meio ao barulho de buzinas, café quente na mão direita, uma sacola de pães na esquerda, e o vento soprando as folhas no chão por entre os pés que caminhavam novamente pelas calçadas de Nova York. Bella, a alguns quarteirões dali, esticou a mão e parou um táxi para a Oitava Avenida. Ela ia se encontrar com Beatriz para almoçarem. Ethan retornou para casa, entrou e soltou a sacola na mesa, com o café ainda na mão, caminhando até a janela.

— E aqui estou eu de volta! — disse ele.

O entardecer chegou gradualmente, pintando o céu de Manhattan com tons quentes e dourados. Ethan estava no computador verificando com Reacher as coisas da fazenda quando Bella chegou com um cacto gigante que ganhara de presente de Beatriz.

Ela começou a organizar as caixas que trouxera do Texas, muita coisa ainda estava empacotada nessas últimas semanas. Bella tentava retomar a produção depois do bom momento que vivera desde seu último livro. E assim passaram seu primeiro dia de volta. A noite passou entre caixas e coisas espalhadas por todo o apartamento. A poltrona de Ethan quase nem podia ser vista com tantas coisas em cima dela.

Eram pouco mais de duas da tarde do dia seguinte quando eles finalmente terminaram de organizar tudo e limpar o apartamento, um pedacinho do Texas juntamente com um pedacinho da Itália, localizado na Quinta Avenida.

A volta para Nova York marcou o início de uma nova fase em suas vidas. Enquanto Bella estava determinada a retomar sua carreira de escritora na cidade que sempre considerara seu hábitat, Ethan estava disposto a encontrar maneiras inovadoras de revitalizar a fazenda em Goldthwaite.

Porém, fazer isso não seria nada fácil, pois encontrar parceiros que estivessem dispostos a fazer negócio com um fornecedor tão pequeno era contra o convencional. Mesmo assim, Ethan tinha conversado com algumas pessoas de Austin que tinham parceiros de negócios em Nova York, e eles estavam disponíveis a ajudá-lo a quem sabe fechar algum tipo de acordo comercial para o Rancho Keynes.

Para Bella, o retorno à cidade parecia uma boa ideia, mas ela ainda estava com dificuldade de produzir, já que toda essa mudança tomara muito a sua energia e a deixara sem condições de começar a trabalhar ainda.

Após uma semana em Nova York, Bella começou a frequentar cafeterias de manhã para pesquisar e tentar recuperar a concentração que havia fugido. Ela precisava pensar em algo, mas nada estava funcionando ainda. Ao sair de trás de sua mesa, Bella percebeu que cada rua, cada café e cada rosto desconhecido se tornavam notas em sua partitura pessoal. Cada esquina sussurrava segredos no ouvido dela, e a cada café histórias novas aconteciam, bem na frente de seus olhos.

Todas as tarde, Ethan perambulava pelas ruas também, indo a restaurantes e hotéis da cidade, conversando com diversas pessoas, atendentes, gerentes e diretores, sempre buscando aumentar a demanda produtiva de seu rancho lá no Texas. Por mais que as finanças estivessem no positivo, o lucro ainda não era suficiente. A propriedade precisava evoluir e se tornar mais competitiva no mercado. E essa era a nova missão de Ethan, encontrar as pessoas certas.

Naquela manhã, Ethan saiu para caminhar no Central Park e pensar um pouco mais sobre seus planos; enquanto Bella escrevia na bancada da cozinha sozinha, ele acordou e saiu, nem quis tomar café. E lá ficou ele, caminhando sem parar por alguns minutos, até parar próximo a uma pequena cerejeira Yoshino que estava nascendo. Ele percebeu que já fazia muito tempo que estava caminhando e precisava encontrar um lugar para comer, pois estava se sentindo um pouco tonto. Foi até a um Subway, e as notas de "Take Five" tocavam baixinho no ambiente enquanto ele saboreava seu sanduíche. Depois disso, sentiu-se bem melhor e retornou para o apartamento.

No silêncio de sua casa, lá estava Bella mergulhada nas palavras com um fervor renovado. Um gostoso aroma de café flutuava no ar enquanto ela dedilhava o teclado, desbravando a história em seu manuscrito. As palavras fluíam agora, dançando no ritmo da inspiração recuperada, e da luminosidade da manhã que entrava pela janela.

Ethan se sentou na cadeira da cozinha. Bella então deixou o computador de lado e os dois conversaram um pouco. Ela queria saber como ele estava se sentindo.

— Estou bem, só precisava na verdade desligar um pouco e ver a natureza.

— Ótimo, sorte nossa que temos o Central Park bem próximo! — disse Bella.

Então ela, envolta em uma camisola confortável, foi até a poltrona de Ethan com uma xícara de café em uma das mãos e seu caderno de anotações na outra. Os ruídos distantes da cidade foram substituídos pelo canto dos pássaros que pareciam ter encontrado seu próprio refúgio no meio do concreto da borda da janela que ia quase até o chão da sala.

Ele foi para seu computador falar com Reacher sobre o rancho, como de costume, e depois foi tomar banho para ir até o Keens Steakhouse, no Midtown. Ele iria se encontrar com seu amigo e ex-colega de universidade Alex Eker, que estava ajudando Ethan a estruturar sua ideia de captação de clientes premium para o Rancho Keynes.

Enquanto se dirigia ao restaurante, Ethan repassou mentalmente os pontos chave que gostaria de discutir com Alex. A captação de clientes premium era uma estratégia ambiciosa, e ter o apoio de alguém com a experiência dele seria crucial. Nascido em Los Angeles, filho de milionários da indústria de joias de luxo, sempre quisera comandar os negócios da família e fora estudar em Nova York.

Ao retornar para a Califórnia após se formar, nada tinha transcorrido como ele imaginara, entre brigas e conflitos. A relação dele com os pais era tensa, e Alex quisera seguir seu próprio caminho. Agora ele estava prestes a abrir a sua empresa de consultoria de negócios de alto impacto, mas estava disposto a ajudar Ethan sem custo, por acreditar que conseguira se formar graças à ajuda do amigo na época, principalmente na disciplina de econometria, que ele até então não fazia ideia muito bem de como funciona de fato.

Ao entrar no Keens, Ethan sentiu a atmosfera clássica do lugar, com paredes e teto repletos de artefatos históricos, e também pôde ver a mancha de sangue que dizem ser de Abraham Lincoln conservada em um cartaz que Lincoln supostamente segurara um dia. O aroma de carne grelhada pairava no ar, e o ambiente estava repleto de conversas animadas e risos. Ele avistou Alex em uma mesa ao fundo, caminhou até lá e o cumprimentou com um aperto de mão forte. Alex fez um sinal com a mão, chamando o garçom, e fez os pedidos.

E assim o almoço se desenrolou em torno de discussões estratégicas e planejamento, enquanto Ethan e Alex mergulhavam nas nuances do plano para elevar o Rancho Keynes a um novo patamar. Os garçons serviam pratos suculentos, e as ideias fluíam tão naturalmente quanto o bom vinho que acompanhava o maravilhoso prime rib.

O lugar fora sugerido por Alex para Ethan entender o que um cliente ideal procurava; além de um bom fornecedor de carne, era preciso uma produção padronizada, de qualidade alta e com rastreabilidade de origem. Ethan retornou para casa com algo sólido em mãos, com uma clareza maior sobre os detalhes da cadeia de restaurantes e *steakhouses* nova-iorquinas.

Ao chegar em casa, ligou para Adam, explicou a ideia e depois enviou para ele os manuais que escrevera para descrever o passo a passo da produção, desde a seleção e classificação genética até as normas de transporte e abate humanizado. Os dois conversaram sobre outras coisas e Ethan falou um pouco com sua mãe. Ela contou que se sentia um pouco melhor da coluna e que estava com saudade dele e de Bella.

— Nós também estamos com saudade, mãe! — disse Ethan antes de desligar e ir tomar seu banho. Enquanto isso, Bella estava no tapete da sala de pijama, lendo algumas revistas de moda antigas, que ela havia comprado na Califórnia da vez que fora com Alfred lá.

Esse tapete viera junto com Bella de seu antigo apartamento; era daqueles bem peludinhos e macios de se sentar e ler qualquer coisa. Bella estava pesquisando algumas referências para usar em uma das personagens de seu novo livro.

Ao sair do banho, Ethan abriu uma garrafa de vinho, pegou duas taças no armário e serviu olhando para Bella. Ele a achou linda ali naquele tapete e decidiu que sentaria ao seu lado para olhar revistas também.

O sol veio caindo, o brilho podia ser visto muito distante nas águas do rio Hudson e nas vidraças das janelas dos arranha-céus do Upper West Side. Tudo parecia um quadro em movimento ao se olhar pela janela. Uma das coisas que Ethan, mas gostava de fazer no final de tarde quando estava em casa era colocar fones de ouvido para ouvir música instrumental bem alta até os sons da barulhenta Nova York sumirem, daí ele apenas observava sentado na poltrona as nuvens se movimentando juntamente com o sol e seus raios. Aquilo era uma espécie de meditação com os olhos abertos, sua mente esvaziava e ele não pensava em mais nada, apenas estava ali para viver aquele momento e nada mais, nada mais importava. Por alguns segundos ele se sentia parte de todo aquele movimento como se ele fosse um só.

A noite chegou rapidamente, cobrindo a cidade. Bella preparou um chá e foi para sua mesa escrever mais um pouco enquanto Ethan estava dormindo no sofá. Ela sabia que ele estava cansado, pois vinha se esforçando para encontrar muito mais do que um bom negócio para o rancho de sua família, mas acima de tudo estava numa luta interna para se sentir pertencente ao rancho e não ter a dor de abandoná-lo como seu pai sentira depois que deixou seu próprio pai cuidando da fazenda sozinho. Por outro lado ela estava tranquila, pois sabia que Ethan compreendia que o futuro não era uma linha reta, mas sim uma trama tecida pelos fios do passado e do presente; independentemente dos resultados, o Rancho Keynes seria uma expressão verdadeira de quem ele era e do que sua família representava.

À medida que a madrugada avançou, Bella decidiu fazer uma pausa na escrita e se permitiu uma caminhada silenciosa pelo apartamento, como normalmente fazia. Ela se dirigiu à janela, onde as luzes da cidade lançavam sombras suaves. A brisa fresca da noite acariciou seu rosto enquanto observava o movimento tranquilo da rua lá embaixo. Bella voltou a trabalhar no manuscrito, cada tecla pressionada era uma nota silenciosa no concerto das suas ideias.

As palavras ganharam vida diante dela, dançando no monitor de seu notebook como uma expressão de sua imaginação tomando forma. Ela se perdia às vezes nas tramas que escrevia, nos diálogos e nos personagens que habitavam o mundo que estava criando; era como se eles pudessem falar com ela, pelo menos era assim que ela sentia às vezes, principalmente nas madrugadas solitárias na frente do computador. O chá já era o segundo, porém, esse agora estava frio, mas Bella nem percebeu. Ela estava concentrada, imersa em sua própria criação, moldando cada frase com a delicadeza de quem esculpe sem pressa. Ela olhou para o relógio; o tempo tinha voado.

 A cidade, agora acordando lentamente, recebia os primeiros raios de sol, pintando o horizonte de tons dourados. Com Ethan dormindo no sofá, Bella decidiu parar e, com a cidade despertando ao seu redor, contemplou a paisagem urbana pela janela. A madrugada de criação se tornara uma lembrança tangível de sua perseverança e paixão pelo que estava criando.

 Bella, sentindo a exaustão da noite de trabalho, decidiu ir para o quarto, onde a cama a aguardava. Enquanto isso, o sol começava a espreitar timidamente pelas frestas das cortinas, banhando o apartamento em uma luminosidade suave. Ethan, despertando no sofá, notou a ausência de Bella. Ele se levantou silenciosamente e, ao entrar no quarto, viu Bella adormecida, tranquila em seus sonhos. Ethan se aproximou com cuidado e a beijou suavemente, como que sussurrando um "bom-dia" sem palavras. Ternamente, ele a cobriu com a mesma manta com a qual ela o cobrira mais cedo, garantindo que ela estivesse confortável antes de deixá-la descansar.

 Ethan saiu para a rua, deixando o prédio e caminhando até a cafeteria mais próxima para poder falar com Reacher sem acordar Bella. Entrou na Starbucks e, com uma xícara fumegante nas mãos, se sentou em um canto. O calor do café contrastava com a brisa fresca que entrava pelas janelas abertas. O murmúrio da cidade, misturado com os sons da cafeteria movimentada, criava uma trilha sonora peculiar para a manhã que se desenrolava.

Enquanto a cidade despertava ao redor, Ethan, com sua xícara de café, contemplava o horizonte com uma mistura de expectativa e gratidão. O dia estava apenas começando, e ele estava pronto para enfrentar o que estava por vir, confiante em cada escolha. Ligou o computador e começou a trabalhar.

— Olá, Reacher, é hora de acordar! Dia de vacinação do gado, vamos começar cedo para terminarmos antes do pôr do sol. — Assim Ethan começou sua manhã, a mil por hora!

Depois de acordar, após o meio-dia, Bella, que não aguentava mais ficar em casa, pegou um táxi e foi até o Soho. Chegando lá, foi até a Chobani, uma pequena cafeteria, e pediu um espresso duplo. Sentou-se em uma pequena mesa de madeira próximo à janela, coberta com uma toalha xadrez vermelha e uma pequena muda de café no centro da mesa enfeitando.

Ela nunca tinha estado ali, nem havia nada de especial naquele local que ela soubesse; a decisão fora bem aleatória: ela só queria explorar lugares diferentes para ver pessoas diferentes.

O lugar era aconchegante. Perto dela havia uma família com um cachorrinho dormindo no colo de uma menina de uns sete anos. Eles ficaram ali conversando, e Bella, sentada, olhava para seu caderno, onde anotava tudo de interessante que estava ouvindo.

Uma das coisas mais engraçadas que ela escutou foi essa criança contando que achava um absurdo o coleguinha dela não ter um smartphone. Aquilo fez Bella se sentir mal, pois ela usava ainda o seu BlackBerry.

E por mais alguns minutos ela ficou ali na mesa, refletindo sobre isso. Até que escutou uma voz conhecida em uma mesa próxima; era Paul, falando ao telefone. Ela pensou em ir cumprimentá-lo, mas, quando decidiu, uma moça chegou, certamente era a mesma pessoa com quem ele conversava ao telefone, então Bella continuou sentada. Aquilo a princípio era uma reunião de negócios, até que Bella percebeu que a conversa estava com um tom um pouco mais íntimo. Pelo que ela entendeu, a moça era uma colega de Chicago que estava em Nova York. Bella ficou desconfiada, e decidiu levantar e ir embora do local.

Enquanto Ethan estava em Clinton, conheceu Joe Thompson, apresentado por Alex. O pai de Joe se chamava Peter e possuía uma pequena rede de mercados no Queens. Joe era o responsável pela única unidade fora do Queens, que estava em construção em Clinton.

A conversa foi boa, porém, seria preciso a decisão vir de Peter. Joe então ligou para seu pai e marcou uma reunião para apresentar Ethan a ele e todos poderem estudar a proposta. Na sequência, Ethan se despediu de Joe e agradeceu Alex pela indicação. Ele se propôs a ajudar e convidou Ethan para tomar uma cerveja, mas Ethan recusou, pois precisava voltar para casa.

Chegando lá, encontrou Bella fazendo um bolo de cenoura para comer tomando chá.

No dia seguinte, logo pela manhã, Bella se preparava para mais ir a mais um café. Nesse dia, o escolhido seria a cafeteria Reggio, no Greenwich Village, uma das mais antigas da cidade de Nova York, a primeira cafeteria dos Estados Unidos a servir cappuccino. Ethan ficou muito tentado a ir com ela, mas não poderia; nesse dia aconteceria a reunião com Peter Thompson em algum lugar no Queens, que ele desconhecia ainda; Joe mandaria a localização.

Alguns minutos depois, Bella já havia saído, Joe enviou o lugar; a reunião aconteceu no Vesta, uma trattoria.

Alguns minutos depois, Ethan chegou ao lugar. O senhor Thompson tinha um cheiro peculiar, algum perfume de odor fresco, usava uma camisa florida com dois botões abertos e sapatos bem lustrados. Quando Ethan sentou, ele pediu três cafés para o garçom antes de almoçarem. Ethan apresentou uma proposta de fornecimento de cortes certificados de carne Angus para o empreendimento de Peter. Joe gostou, mas Peter ainda ficou relutante com a ideia porque já tinha um fornecedor e não teria como fechar um contrato com um fornecedor do Texas. Além disso, ele explicou a Ethan que seria muito difícil ele conseguir um contrato competitivo o suficiente para fechar negócio com algum outro lugar em Nova York.

Ethan ficou desapontado e um pouco reflexivo, e não entendeu por que diabos Joe, sabendo da posição do pai, marcara a reunião. Até que sentiu o toque de uma mão sobre o meio de sua coxa esquerda; era a mão direita de Joe, apalpando-o subitamente na frente de seu pai e dizendo que poderiam expandir a franquia de mercados de bairro mais para o sul, e daí faria sentido ter um fornecedor novo e mais bem localizado.

Rapidamente, Ethan afastou a mão de Joe de sua coxa e disse que não estava mais com fome; avisou que precisava retornar para Manhattan porque teria outra reunião com um restaurante de Yorkville. Não era verdade, mas faria de tudo para sair o mais rápido daquela situação constrangedora.

Ao retornar, Ethan ligou para Alex Eker e contou o que acontecera. Alex admitiu que sabia que isso poderia acontecer, pois ele e Joe eram vizinhos de condomínio e já havia sofrido um assédio parecido alguns meses antes. Ethan ficou um pouco desiludido e desistiu por enquanto de conseguir um negócio para o Rancho Keynes; ele precisava repensar e talvez optasse por fazer contatos nas cidades do interior de Nova York, o que poderia ser uma alternativa mais viável.

Enquanto isso, Bella estava no café, inspirada pela mobília, quadros e uma antiga máquina de café que próximo à mesa em que ela estava. Tudo aquilo a transportou de volta para a casa da sua avó na Itália. O gerente do lugar conversava com ela e contava histórias sobre a cafeteria. Ele perguntou se Bella gostaria de ver algumas fotos; ela, sem hesitar, disse que sim, e então ele trouxe um velho álbum e começou a narrar mais fatos sobre o lugar para ela.

Ethan, assim que saiu da reunião, foi até o Tom's Restaurant para almoçar e depois até o Riverside Park. Ele queria sentar e olhar para o rio, ficar um pouco sozinho para pensar na vida e descobrir como poderia conseguir fazer algo relevante para o negócio da família estando tão longe do rancho.

No meio da tarde Bella retornou para o apartamento e Ethan chegou alguns minutos depois. Eles tomam banho e foram para o sofá da sala; Bella contou tudo sobre a cafeteria que havia visitado e disse que tinha podido exercitar o seu italiano; tinha sido ótimo.

Ethan contou sobre o seu dia e disse uma coisa que preocupou Bella:

— Eu estou cansado, muito cansado! Não consigo pensar mais, agora somos dois bloqueados — disse Ethan, se referindo a não encontrar ainda o que procurava.

— Ethan, amanhã é sábado, vamos fazer algo diferente! Eu também preciso parar de me forçar. Todas as noites fico sentada ali, naquela mesa — Bella apontou para a mesa na qual trabalhava ao anoitecer —, fico tentando extrair as coisas, mas nada faz sentido e eu não gosto de nada.

— Pensei que você estivesse melhor — comenta Ethan.

— Ainda não, cada noite é um calvário literário que enfrento.

— Tudo bem, meu amor, vamos descansar, então — chamou Ethan. — Alguma ideia do que nós podemos fazer? — perguntou, já com um olhar mais tranquilo.

— Vamos até ao andar cento e dois do Empire amanhã? — sugeriu Bella, empolgada.

— Bella, em todos esses anos eu nunca fui lá, você acredita?

— Não acredito nisso, Ethan! Sinceramente — Bella retruca, sorrindo.

E assim, naquela manhã de sol eles foram passear. No caminho Bella encontrou Richard, o diretor da produtora de Los Angeles. Conversaram rapidamente, ele perguntou sobre Alfred e quis saber se ela estava escrevendo algo novo. Nesse momento ela sorriu e disse que não podia dar detalhes, mas estava com ideias e em breve ele seria informado. Porém, a verdade é que ela nem imaginava ainda sobre o que iria escrever. Agora, a trezentos e oitenta e um metros de altura, ela admirava a paisagem linda da cidade. Ethan ficou fascinado, parado, sem dizer uma palavra.

Nesse momento, Bella percebeu que algo estava no ar, e não se tratava do amor que sentia por aquele rapaz ali parado, mas sim de uma admiração completa. Foi aí que descobriu que talvez a inspiração para sua próxima grande história podia estar bem embaixo de seu nariz e ela não havia percebido ainda.

Logo que retornaram para casa, Bella sentou à mesa, que ficava a poucos metros da mesa de Ethan, e começou a escrever uma sequência de coisas sobre Ethan como se fosse uma lista para ter a percepção mais detalhada sobre o que pensava e sentia naquele momento.

Enquanto ela escrevia, Ethan estava na cozinha comendo uma torrada com queijo e bebendo um suco de laranja. Ele de longe escutava o som das teclas no computador de Bella ecoarem pelo apartamento, e aquilo o deixava repleto de felicidade; era como uma melodia que invadia a alma e preenchia seu coração sem pedir autorização. Para Ethan, ter essa confirmação de que a volta para Nova York fora a decisão correta era algo que colocava seus pensamentos em ordem e o deixava muito mais tranquilo sobre seu momento atual na cidade. Ele sentia que, por mais que a cidade fosse a mesma, eles não eram mais, e agora era como se tudo estivesse mais agradável por ali.

Ele então se lembrou da frase da carta: "Siga seu coração e não tenha medo das dificuldades...". Daquele momento para a frente, as dúvidas foram afastadas de seu coração e a névoa que pairava sobre suas questões sumiu.

Ethan se aproximou de Bella e avisou que iria descer um pouco para pegar um ar e aproveitar enquanto ainda tinha um pouco da luz do sol. Ela estava superfocada, a ponto de apenas acenar com a cabeça, dar um leve sorriso e voltar a digitar sem parar.

Com sua agenda nas mãos, ele se sentou em um banco e começou a revisar ideias de como poderia encontrar em Nova York que pudesse beneficiar a fazenda e consequentemente também sua família de maneira geral, principalmente seus pais.

Enquanto pensava nisso, notou ali perto um pequeno esquilo. O animal olhava para ele fixamente, sem se mexer. Ethan ficou encarando o esquilo sem dizer nada, era olho no olho, somente ele e o animal. Foi quando escutou uma voz:

— Ethan, eu vim ajudar você a pensar!

A voz não era do esquilo, mesmo que por um segundo ele pensasse que poderia ser; era a voz de Bella alguns metros atrás.

Naquele banco, sob o sol, eles conversavam sobre a volta para a cidade, e sobre os próximos passos a partir de agora, e aonde eles os levariam. Ethan repetiu as palavras que dissera para seu pai e acrescentou que, apesar de ter um coração dividido entre duas cidades, ele estava otimista em poder viver em uma e poder de certa maneira trabalhar na outra.

Bella disse que, só de saber como ele se sentia, já ficava feliz e acreditava que tudo iria caminhar para uma boa e nova direção agora. A resposta exata eles não sabiam, mas sabiam que isso era algo que não importava muito, contando que juntos estivessem.

E assim foi. Juntos eles estavam, como se realmente fossem feitos um para o outro. A cada mês o que era dúvida no começo agora se tornava uma inexplicável certeza. O retorno para Nova York fora diferente, porque lá no Texas Ethan ficava mais tempo no celeiro do que em casa e nunca tinha percebido o quanto ela era linda fazendo coisas simples como temperar uma salada ou secar a louça após o almoço.

A vida no Rancho Keynes fizera Ethan se tornar uma pessoa mais observadora dos detalhes do dia a dia, pois é assim que se faz com animais e plantas, mas a vida corrida em Nova York havia tirado isso dele. E agora ele percebia o quanto isso lhe fazia bem e o coloca em posição de grande privilégio junto àqueles que sabiam o valor do tempo, das pessoas e do que é belo e único ao seu redor. Como o esquilo que tinha avistado.

CAPÍTULO XVI

Ethan estava dormindo e Bella no computador, na quietude de uma madrugada gélida em Nova York, como de costume imersa no calor âmbar de um Whiskey do Tennessee, Jack Daniels, mais especificamente. Ali ela mergulhara na atmosfera única do apartamento e da cidade que nunca dorme. A cadeira de couro gasto a abraçava, oferecendo conforto ao seu corpo que se inclinava levemente sobre o teclado. A combinação do ranger suave da cadeira com o som das teclas criava uma sinfonia peculiar, mas acima de tudo familiar para Bella na madrugada.

A velha estante ao lado da mesa, repleta de livros de todas as eras e gêneros, alguns dela e outros de Ethan, era a testemunha silenciosa do amor pela palavra escrita. Os exemplares empoeirados, alguns com mais de cem anos, e as lombadas marcadas carregavam a história em si.

A cada pausa na escrita, ela se levantava e ia até a janela, onde se perdia na contemplação das luzes da cidade, na dança das folhas despidas das árvores do Central Park ao sabor do vento noturno, que era frio e constante. E foi em uma dessas pausas que ela foi à cozinha pegar um pouco de água e escutou batidas fortes vindas do corredor do apartamento. As batidas pararam e tudo ficou quieto. Ela ignorou, pegou o copo e voltou para a mesa onde tinha sua luminária acesa. Segundos depois as batidas começaram e oscilavam entre estalos e murmúrios de palavras que dava para ouvir, porém, não para compreender com exatidão o que era dito.

Um pouco assustada, ela desligou sua luminária e foi até a porta. Percebe que era na porta do vizinho. Retornou rapidamente e acordou. Juntos, eles foram até a porta e Ethan decidiu então abri-la lentamente, com muito cuidado para não ser percebido. Bella ficou afastada até ele abrir.

Lá fora estava um homem, sentado ao lado de uma das portas. Ethan o reconheceu; era um senhor chamado Thomas, o vizinho. Pouco se sabia sobre ele, apenas que era viúvo e sua caixa de correio sempre estava transbordando. Ele raramente saía de casa, ou pelo menos não durante o dia; era como se não morasse naquele prédio.

Preocupado, Ethan perguntou se estava tudo bem. Ele respondeu que tinha bebido um pouco e acabara quebrando a chave dentro da fechadura, e agora estava "preso" para o lado de fora de seu apartamento. Pretendia esperar amanhecer para resolver tudo; insistia que estava tudo bem.

Ethan pegou um alicate e lhe pediu permissão para tentar abrir com a ferramenta; quem sabe conseguiria girar a chave ainda. O senhor Thomas permitiu, e a ideia acaba funcionando.

Um pouco tonto, ele agradeceu e se apresenta como Thomas Blauner, um velho veterano do Vietnã e viúvo que vivia com seu gato, Spark. Bella e Ethan retornaram para dentro de seu apartamento depois da cena pitoresca no corredor. E ela decidiu ir se deitar.

No outro dia, no café da manhã, ambos ficaram se perguntando sobre o senhor Thomas e o porquê de ele estar alterado. Ethan disse que nunca havia presenciado nada do tipo.

Bella iria com Beatriz até a Three Lives & Co., uma pequena e charmosa livraria no coração do histórico Greenwich Village, um dos lugares preferidos de Beatriz, e um local onde Bella jamais havia ido, mas sempre desejara conhecer.

Beatriz a esperava em uma pequena cafeteria chamada 787, que fica perto da livraria, na mesma rua, três minutos caminhando. Essa cafeteria também era um dos lugares prediletos de Beatriz. Ela esperou Bella chegar, o que levou cerca de trinta e cinco minutos.

Depois, as duas pegaram um latte macchiato e foram caminhando lentamente até a livraria. Chegando lá, Bella, como uma boa turista, tirou uma foto da fachada. Ela já havia lançado livro na famosa The Strand e tinha essa livraria por sua preferida até o momento, mas agora mudara de opinião e já sabia onde desejava lançar seu próximo livro: seria nessa pequena e charmosa livraria, paixão à primeira vista.

A fachada preta, com letras douradas e uma linda porta da cor vermelha com pequenos vidros quadrados, lembrando até uma cabine telefônica inglesa, eram elementos encantadores, somando-se aos livros expostos nas janelas de maneira da qual era impossível ver o que havia lá dentro, criando uma espécie de suspense para quem olhasse, mesmo de perto. Outro charme era o fato de estar localizada abaixo de um prédio charmosinho com mais dois andares de tijolos vermelhos expostos e escadas de saída de emergência pretas acima da fachada.

Lá dentro, claro, havia livros por todo lado, desde a entrada até o ponto mais extremo. Havia também um pequeno palco e uma mesa com diversos livros em cima.

Naquele momento Bella teve uma visão dela mesma ali atrás daquela mesa fazendo leituras de seu novo livro e assinando alguns exemplares para o público.

Enquanto caminhavam pelos corredores da livraria, Bella contava os detalhes de seu retorno para Nova York. Beatriz, vendo uma lista especial de primeiras edições, pegou um exemplar nas mãos. Bella percebeu que na última capa havia uma foto do autor. Por uma coincidência mais do que estranha, o homem era parecido demais com Thomas, seu vizinho. Ela então interrompeu a conversa e perguntou sobre o livro para Beatriz. Quem era o autor?

— Este livro foi escrito por um tal de Thomas Blauner! Será que é bom?

— Ah, meu Deus! É do nosso vizinho. Nos conhecemos ontem!

— Como assim? Que vizinho? Você está brincando comigo, Bella?

— Não! Vamos almoçar lá no restaurante italiano perto do café onde estávamos e daí eu te conto sobre isso. Meu Deus, que engraçado isso. Eu garanto que você vai gostar da história — disse Bella, com um sorriso no rosto enquanto iam na direção do caixa da livraria.

— Ok, vamos levar esse, então. Preciso saber isso!

— Certo! — Bella ria muito da situação.

Enquanto isso, em casa, Ethan havia terminado sua reunião diária com Reacher e agora estava pesquisando sobre cortes gourmet.

Mais tarde ele recebeu uma ligação de Paul, que estava indo almoçar com Margot numa churrascaria no Brooklyn e o convidou para ir junto. Ethan não aceitou porque queria ficar em casa e esperar por Bella; mesmo assim disse que encontraria os dois em breve, assim que possível. Minutos depois de desligar o telefone, lembrou-se da churrascaria onde estivera alguns anos antes. Decidiu então ligar para marcar uma reunião com eles para a próxima semana.

Já eram 15h23 quando Bella entrou em casa. Ethan estava sentado na poltrona e ela perguntou:

— Está lendo? Então acho que vai gostar de ver isto aqui. — Ela tirou o livro de sua bolsa e o jogou no colo de Ethan.

Então, para saciar a dúvida e saber se realmente se tratava da mesma pessoa, eles decidiram convidar o vizinho Thomas para um jantar. E assim aconteceu: Ethan bateu na porta, ninguém atendeu, então ele escreveu um bilhete e o passou por debaixo da porta dele, retornou para seu apartamento e ficou à espera.

O jantar tinha sido marcado para aquela mesma noite, às sete horas, mas nem Ethan nem Bella receberam a confirmação da presença do vizinho. Mesmo assim, Bella preparou o jantar e arrumou a mesa para três pessoas.

Era 18h58 quando alguém bateu na porta. Ethan abriu, e lá estava Thomas Blauner, o vizinho, com um casaco marrom e uma garrafa de vinho francês nas mãos. Ele entrou e eles falaram sobre o clima, algumas amenidades. Depois disso, perguntam havia tempo ele morava no prédio. O jantar começou, e ninguém tocava no assunto sobre o livro. Thomas contou sobre sua ida para o Vietnã sem dar muitos detalhes e também sobre a época em que vivera em Los Angeles, contemplando o oceano.

Após jantarem, seguiram bebendo vinho e Bella perguntou por que ele gostava de vinhos franceses, e ele respondeu que eram os preferidos de sua esposa.

Já eram 21h23 quando Bella o questionou sobre sua vida profissional, e o homem disse que é apenas um veterano, mas quando morava em Los Angeles sonhava ser um escritor famoso e tinha escrito um livro, mas a ida para a guerra o fizera desistir desse sonho.

Bella ficou feliz por saber que o Thomas Blauner do livro era o mesmo Thomas Blauner vizinho, mas não entendia como um escritor que conseguira publicar um livro na Califórnia havia desistido de seus sonhos.

Foi então, que questionado sobre isso, após Bella revelar que também era escritora e falar de seus livros, o velho Thomas contou uma breve história que justificava sua carreira curta na literatura.

— A minha história verdadeira é essa que vou contar, e ao final você entenderá. Terminei o livro e fui chamado para o Vietnã, na época fazia apenas sessenta e sete dias que eu estava casado, e Mary, minha esposa, estava grávida. Eu tinha a vida que sempre quis, uma linda esposa, um filho chegando e tinha lançado meu primeiro livro, era perfeito! Mas a ida para a guerra era inevitável. Antes de conhecer Mary, servir o meu país era a segunda coisa mais importante depois de escrever. Lá, as coisas não eram fáceis, pela saudade de Mary. A esperança de retornar vivo antes que meu filho nascesse era o que mais queria. A vida seguiu assim por meses. Nós nos comunicávamos por carta. O tempo foi passando e minha mulher já estava no nono mês de gestação quando eu soube que não veria meu filho nascer e talvez perdesse o seu primeiro aniversário. E foi exatamente isso que aconteceu comigo.

— Nossa, que horrível isso, senhor Thomas — comentou Bella, com o semblante triste e sentindo um leve arrepio.

— Isso foi difícil, mas tudo ficou pior quando eu voltei, um ano depois.

— Como assim? Você não queria isso? — perguntou Ethan, um pouco confuso.

— Sim! Isso era o que mais desejava. Mas a história que eu sabia não era o que realmente tinha ocorrido de fato. Na noite em que Mary foi para o hospital, ela teve complicações no parto e perdeu o nosso filho. E dois dias depois faleceu. Porém, Lisa, sua irmã, que era muito amiga nossa, prometeu no leito de morte para Mary que não revelaria a verdade até eu retornar. Desde esse dia, eu pensava que trocava cartas com Mary e que já era pai, mas eram apenas mentiras escritas por Lisa, para cumprir uma promessa para Mary e não me tirar a esperança de viver em meio à guerra.

"Daí, quando voltei, meu mundo acabou. Em meio às medalhas de bravura, nada mais importava; tudo que eu amava tinha ido embora. Entrei em depressão, tentei acabar com a dor e fui internado em estado de coma. Sete meses depois, acordei sem nada mais e vim morar em Nova York para abandonar o passado, e tentar seguir. Porém, o passado nos persegue e desde então nunca mais escrevi, moro sozinho com meu gato Spark, meu único companheiro, e quase sempre acabo bebendo mais do que eu deveria, normalmente quando as lembranças me encontram na solidão dos dias e me lembro da Mary. E essa é a minha trágica história! A guerra tirou tudo de mim!"

Chocados e compadecidos com a história de Thomas, Bella e Ethan ficaram sem palavras depois do que escutaram. Então, Bella decidiu mudar de assunto e falar sobre o porquê de eles estarem em Nova York e sobre seus planos.

Ethan contou um pouco sobre o Keynes Ranch e eles terminaram a garrafa de vinho e o jantar. Não havia mais o que falar, e oferecer mais uma garrafa de vinho para alguém como Thomas poderia não ser algo muito sensato.

No dia seguinte amanheceu chovendo. Ethan e Bella acordaram com o barulho da chuva logo cedo e ficaram um pouco juntos na cama conversando sobre a noite anterior. Eles imaginaram a dor daquele homem triste, que, além do horror da guerra, carregava consigo a dor de um grande amor perdido.

Enquanto a cidade acordava, Ethan e Bella resolveram não falar mais da dor de Thomas e dedicaram um tempo para arrumar seu pequeno refúgio. O apartamento estava um pouco bagunçado e a estante de livros tinha pó. Então a faxina começou; os dois colocaram uma música para tocar e compartilharam risos e olhares enquanto limpavam, organizavam as coisas e dobravam roupas. E durante a tarde toda a chuva caiu suavemente sobre Nova York, transformando as ruas em um mosaico de reflexos cintilantes.

Ethan e Bella observavam, abraçados sob uma manta, o espetáculo tranquilo do Central Park se desdobrando diante deles pela janela do apartamento na Quinta Avenida.

A noite chegou rápido. Bella já estava com a mesa posta e Ethan assava uma pizza para acompanhar uma das garrafas de vinho que Bella trouxera de sua antiga adega na Terceira Avenida. A margherita estava nada menos que perfeita, e eles brindaram à chuva, à literatura e àquele momento especial.

Depois de comer, foram para o sofá, onde Bella, com a taça de vinho na mão, se acomodou confortavelmente entre as almofadas coloridas. Daí enquanto conversavam sobre livros, os olhos dela brilharam com as recordações de uma aventura de quando era adolescente, ainda morando na Itália com sua família. Esse dia nunca saíra de sua memória.

Ethan lhe pediu para contar sobre essa história. E ela respondeu:

— Certo, vamos abrir mais uma garrafa e eu te conto. Ok?

— Certo... Espere aqui que vou pegar! — disse Ethan, já curioso.

— Era um dia quente de verão lá na Ligúria. Eu estava com a Patrizia, minha irmã, em casa, quando resolvemos fazer uma trilha pelas montanhas, só nós duas. Como já era algo que tínhamos feito com o papai, achamos que ficaríamos bem. O caminho serpenteava através de uma vegetação exuberante e dava para ver o mar de uma das partes mais altas da trilha.

"Entretanto, como a vida é propensa a surpresas, a narrativa da aventura tomou um rumo inesperado. A minha irmã, com sua energia incansável e desatenção extrema, de alguma maneira tropeçou em um terreno acidentado, resultando numa fratura no pé. A dor se estampou claramente no rosto dela e eu fiquei muito nervosa. O grande problema é que já estávamos em um ponto muito alto e distante da vila da cidade.

"Eu vi que não ia ter jeito: precisaria descer sozinha e deixar ela lá para pedir ajuda, ou descer com ela. Decidi pela segunda opção.

"Ethan, na época eu tinha quinze anos e Patrizia dez, mas ela era do meu tamanho. Foram duas horas até chegarmos a uma cabana na base da montanha. Eu estava exausta e com muita dor no pé. Mas finalmente encontramos o auxílio. O socorro foi acionado, e ela foi encaminhada para receber os cuidados médicos no hospital próximo.

"Eu me lembrei porque à noite eu fui para o hospital e depois nós fomos para casa e ficamos no sofá, tomamos chocolate quente enquanto falávamos sobre os livros da biblioteca do nosso pai e também sobre os sonhos que queríamos realizar quando nos tornássemos adultas."

A conversa se estendeu por mais alguns minutos e terminou com Ethan na cama, um pouco alcoolizado, feliz e recordando uma tarde de outono em que os dois foram até o High Line. Caminharam por entre jardins urbanos, apreciaram esculturas e observaram o pôr do sol sobre o rio Hudson; nesse dia ele havia tentado dar um beijo em Bella e acabara batendo a cabeça na dela acidentalmente. Os dois riram e aquilo deu mais graça ao dia.

CAPÍTULO XVII

A semana havia sido chuvosa, e nessa manhã o sol voltara a brilhar sobre a cidade, enquanto Bella se dividia entre responder e-mails, arrumar o apartamento e pensar em cenas para o livro. Nesse dia, mais cedo, ela levara as roupas para a lavanderia do prédio, que ficava no subsolo.

Ethan estava desde muito cedo em sua mesa trabalhando, e decidira fazer uma pausa e descer até a rua para comprar um jornal. Depois de caminhar algumas quadras ele se encontrou com Scott, seu ex-colega de trabalho, um barista.

— Olá, Ethan, como vai?

— Scott, o italiano! Tudo bem? — respondeu Ethan.

— Tudo bem. Estou ainda na cafeteria por enquanto, mas tenho um projeto de abrir o meu próprio negócio.

— Legal, uma cafeteria? — perguntou Ethan.

— Sim, uma cafeteria temática do Sherlock Holmes. Essa é a minha ideia, mas por enquanto é apenas uma ideia. Preciso encontrar investidores.

— Sherlock? Isso é sensacional Scott, vai ser incrível!

— Mas e você Ethan, o que tem feito?

— Também estou em busca de investidores e parceiros de negócios para o rancho do Texas, mas descobri que não é tão fácil encontrar.

— Imagino! Mas foi bom te ver. Vamos marcar algo em breve, quero te apresentar minha namorada, a Katie.

— Claro, vamos marcar sim! Até mais, Scott.

Ele se despediu do antigo colega, que seguiu caminhando em direção à avenida Madison, enquanto Ethan pegava o jornal e voltava caminhando para seu apartamento. O detalhe muito curioso nisso não tinha a ver com Scott, e sim com Ethan, que já vira diversas notícias em outros jornais mais cedo na internet, mesmo assim fora comprar mais um, porque de jornais como *Daily*, *Post* ou *Times* ele sempre preferia ler as edições físicas.

Isso o fez refletir sobre o mercado de alimentos e a culinária de alto padrão, observando que não tinha a ver somente com o produto em si; era também uma questão de experiência. Um movimento que vem de dois sentidos: assim como ele ia em busca do jornal físico, a Starbucks conquistava seu espaço promovendo uma experiência única para seus clientes.

Depois de refletir, ele correu para seu computador e começou a revisar sua apresentação comercial, enfatizando a experiência do usuário final, mesmo que seu modelo de negócio fosse B2B (Business to Business); ele entendia que tudo está ligado.

O sol caía, já era final de tarde e Bella se preparava para mais uma jornada de trabalho. Era durante a noite que ela assumia a posição diante da mesa, escrevia textos e planejava diversas coisas enquanto colava *Post-It* pelas paredes e falava sozinha bem baixinho. Ethan, que estava com seu computador na bancada da cozinha, montou uma apresentação para a churrascaria gourmet que havia no Brooklyn; eles alinhavam fornecimento exclusivo, processos definidos e selo de rastreabilidade da carne, incluindo o desenvolvimento de um prato especial desenvolvido pelo querido chef brasileiro Ryan Fernandes, namorado de Melissa, sua ex-colega da cafeteria.

O dia terminou e ele sentia que algumas respostas que buscava haviam sido encontradas e que o dia rendera bem; o sono já o rodeava. No apartamento, ele escutava o som de teclas vindo da mesa de Bella, enquanto Ethan, na sala, bebia um copo de leite e lia um artigo sobre *dry aged*, um processo de maturação de carnes em que Ryan era especialista. Depois de terminar a leitura, ele se levantou e foi até onde estava Bella.

— Vou me deitar. Boa noite, querida.

— Boa noite, Ethan. Daqui a pouco eu vou. Preciso entender o que está faltando nesse parágrafo aqui. Não está fácil.

— Bella, qualquer coisa deixe o texto maturar um pouco mais.

— O quê? Maturar? — perguntou Bella, confusa com o termo.

— Sim, maturar, meu bem! Maturar... — disse ele, enquanto ia caminhando para o quarto repetindo a palavra até fechar a porta.

Bella achou engraçado, mas entendeu e concordou com ele; às vezes as palavras certas não vinham por um motivo simples: ainda não estava na hora.

Então ela saiu da mesa e foi até a janela, com essa reflexão em mente, agindo como uma bola de neve. Ela cada vez mais se aprofundava na reflexão sobre o tempo certo das coisas, até uma conclusão final, na qual dissertava olhando para as luzes da cidade que tudo na vida se resumia ao tempo certo das coisas. Bem, agora seu tempo de ir dormir havia chegado, então ela foi.

Já era sexta-feira, e a cidade estava um pouco cinzenta, o clima estava frio, o suficiente para precisar de um bom cachecol, o céu continuava nublado desde o nascer do sol. Bella desceu com o lixo e foi até o mercado comprar café e croissants. Quando estava retornando, encontrou-se com o senhor Thomas na frente do prédio. Ele estava ali parado fumando um cigarro.

— Um bom dia, senhor Blauner! — disse Bella.

— Bom dia, jovenzinha... hoje está um belo dia!

Ela percebeu que algo estava diferente nele, apesar de o dia estar nublado, ele aparentava realmente estar tendo um bom dia. Então, ela decidiu aproveitar a oportunidade e o razoável astral de um velho escritor para abordá-lo.

— Senhor Blauner! O senhor poderia ler um texto meu? Um esboço que estou escrevendo, meu rascunho.

— Claro! Procure-me durante a tarde, agora tenho um compromisso em Chinatown depois passarei na livraria Albertine. E então estarei em casa aproximadamente às duas e quinze.

— Certo. Muito muito obrigado, até mais!

Após esse encontro casual, Bella subiu para tomar café com Ethan, que estava havia horas trabalhando com o projeto novo, empolgado.

Bella foi até a cozinha decidida a não contar para Ethan sobre sua conversa com Thomas. Ela temia que Ethan não gostasse da ideia de ela ir sozinha à casa de alguém com traumas de guerra, desiludido e com problemas com álcool. Não seria bom desconcentrar Ethan nesse momento importante.

— Como vão as coisas em Goldthwaite? — perguntou ela.

— Tudo bem. Meu pai disse que ontem Leroy levou um coice de um dos cavalos e acabou machucando a mão esquerda.

— Mas foi muito grave, você sabe? — questionou Bella, preocupada.

— Não, só quebrou alguns ossos e levou alguns pontos no corte. Está tudo bem agora.

Bella achou um pouco engraçada essa resposta, mas conteve o riso.

— Bella, você já começou a escrever? — perguntou Ethan.

— Sim, eu estou com algumas ideias, mas vou conversar com Alfred na segunda-feira.

— Certo... humm, esse croissant é...

O telefone de Ethan tocou, ele se levantou e foi para sala, ainda com um pouco de croissant na boca. Bella, à mesa, ficou um pouco pensativa sobre esconder algo de Ethan. Mesmo assim, estava determinada a ouvir o que Thomas tinha para dizer sobre seu rascunho.

Ethan retornou, dizendo que precisaria ir até o Brooklyn durante a tarde. Bella o convidou para almoçar no La Fonda, com Beatriz. Ele disse que não podia, pois precisava falar com seu pai e almoçar em casa para não perder tempo. Então, cerca de uma hora depois, Bella saiu para se encontrar com Beatriz no Central Park. Ela estava com Buddy, seu cachorro.

Ethan estava lendo artigos e conversando com seus amigos em Fort Worth para planejar a logística, pois sabia que havia um frigorífico que transportava carnes para a costa leste. A aflição tomava conta um pouco, pois um dos requisitos da oferta do restaurante era que a logística ficasse por conta do Rancho Keynes, o que encareceria um pouco a transação. Seria preciso fazer um reajuste nos preços da negociação. Por isso ele precisaria organizar essa reunião entre seu pai, o frigorífico e a administração do restaurante. A tarde seria longa para Ethan.

Ele estava pensando no próximo ano em fazer um MBA de meio período para ajudá-lo a administrar melhor o rancho e quem sabe abrir uma empresa de consultoria no futuro; isso seria algo que o deixaria feliz.

Algumas horas depois, Bella retornou para casa. Ethan já havia saído e então ela percebeu que estava quase na hora de se encontrar com o senhor Blauner. Ela estava um pouco nervosa, mas preparou seu material e minutos depois bateu na porta. Ninguém atendeu, e ela bateu novamente; só ouviu o miado de Spark. Então, escutou passos e o barulho de chaves.

— Boa tarde, senhor Blauner!

— Olá, eu estava na cozinha preparando um café para nós — disse ele enquanto o gato miava, pedindo comida.

— Certo! Spark? Acho que ele deseja alguma coisa.

— Sim! Este o Spark sempre quer alguma coisa, tudo que preparo na cozinha ele quer, mesmo sem saber se pode comer. Ele sempre pede!

— Seu apartamento é bem aconchegante, senhor Blauner — disse Bella.

— Eu sei que todos imaginam que seja algo frio, bagunçado e sujo por causa da minha aparência às vezes, mas estão equivocados. Mary era muito organizada e por causa dela eu sempre mantenho tudo assim, sempre imagino ela me cobrando para não bagunçar as coisas. Faço isso por ela.

— Que coisa boa, senhor Thomas! — elogiou Bella, surpresa.

— Venha sentar aqui na mesa da cozinha para conversarmos sobre seu texto.

— Certo! — respondeu Bella, sorrindo.

Passaram mais de duas horas conversando e analisando diversos pontos enquanto Bella ia contando suas ideias para Thomas. Ele a encorajou a se arriscar a escrever em um tom mais autobiográfico, algo que ela sempre evitara, mas não sabia por quê. Naquele momento, estava realmente interessada em pensar sobre a sugestão de Thomas.

Já em casa, Bella se deitou na cama e, olhando para o teto, começou a pensar em sua ideia.

Nesse momento Ethan chegou, foi até o quarto, sentou-se na cama e tirou suas botinas ao lado de Bella. E logo contou:

— Negócio fechado. Deu tudo certo lá!

— Ah, que ótima notícia, Ethan!

— Sim, agora poderemos vender este apartamento e comprar um maior.

— Não, ainda não. Eu gosto daqui, vamos ficar com este mais por algum tempo.

— Certo! — disse Ethan, levantando-se da cama para tomar banho.

Bella também se levantou e foi até a cozinha fazer um café e retomar o trabalho nas primeiras páginas de seu manuscrito. Era preciso polir, polir e polir. Cada palavra foi revista mil vezes, ela já havia feito isso antes, e seu trabalho pedia perícia nisso, mas agora tudo parecia diferente, o sentimento de primeira vez era forte e presente dentro dela.

Isso a fez lembrar de sua adolescência, quando dançava balé. Haveria uma apresentação muito importante em um festival em Milão. Na época ela sentira a mesma coisa; por mais que fosse a principal, tudo parecia inédito.

Talvez fosse porque a distância da dúvida sobre sua identidade estava findando, e se ver como alguém que sempre desejara podia ser estranhamente assustador para ela. Não, não era nada parecido com a síndrome do impostor, era exatamente o oposto disso, como se fosse o peso da verdade, ou a densidade de um sonho que se tangibilizava em sua vida.

O brilho do sol entrava pela janela um pouco antes de anoitecer. Ethan tentava convencer Bella a parar de trabalhar por hoje, que eles pudessem conversar sobre qualquer coisa que não fosse trabalho e beber um vinho. E assim a noite terminou com um ar mais leve para o casal.

No outro dia, Ethan acordou cedo para correr e depois terminou de ler alguns contratos e revisar compras de insumos para a fazenda. Aproveitou também para pesquisar sobre alguns imóveis no Brooklyn que estavam à venda. Ele estivera lá com Bella, gostara do bairro e acreditava que talvez em Williamsburg seria um bom lugar para terem uma casa. Ele imaginava ter filhos com ela e precisariam de mais espaço; também desejava ter uma garagem para a Chevy.

Ele sabia que Bella também poderia gostar de morar lá, mas ainda não conversara com ela, porque tinha outros assuntos em mente que precisava falar antes. Inclusive, um assunto bem importante em que ele andava pensando já fazia um bom tempo.

Na mesa de Ethan havia anotações, cada uma em um caderno ou bloco de notas diferentes; ele era metódico e conseguia criar sua própria organização no meio da confusão de cadernos velhos. É claro que ele usava a agenda do computador, mas tudo antes era anotado, inclusive esses sonhos que ele tinha.

Enquanto isso, Bella transformava a sala em seu espaço de trabalho. Ela espalhara folhas e documentos estrategicamente pela mesa de centro, imersa em seus estudos. O brilho da tela do computador refletia em seus olhos enquanto ela acompanhava as vendas no dashboard de seu site.

Ethan, com uma xícara de café fumegante nas mãos, aproximou-se da cozinha; ele observou Bella concentrada em suas atividades e, com um sorriso, elogiou.

— Você está linda hoje!

— Obrigada, amor — respondeu ela, sorrindo e arrumando o cabelo atrás da orelha esquerda. — E como vão os negócios na Keynes?

— Tudo parece estar nos trilhos. O rancho está prosperando, e estamos aumentando os lucros sem precisar sobrecarregar a produção. É um sinal de que todo o nosso esforço está valendo a pena.

— Seu avô ficaria incrivelmente orgulhoso de você, Ethan!

— Eu gosto de pensar que sim... — respondeu Ethan, refletindo sobre a jornada que empreendera para manter vivo o legado familiar.

Já durante a tarde, Bella desceu para ir ao escritório de Alfred no East Village e Ethan foi até o café do velho Jack encontrar Paul. Lá ele contou ao amigo tudo o que aconteceu nos últimos meses com ele e Bella. Paul o ouviu com atenção e depois contou que ele e Margot não estão mais namorando; ele iria embora para Chicago no mês seguinte.

Enquanto isso, Bella era surpreendida por Alfred. Ele havia sugerido que ela desistisse dessa proposta de história, argumentando que o mercado não buscava isso, que agora ela precisava falar sobre mulheres, luta racial ou identidade de gênero, que era isso que as editoras procuravam no momento e não sobre uma menina vivendo romances proibidos em Paris ou uma órfã que mora em Munique.

Ela argumentou que não concordava com as sugestões de Alfred e não entendia o porquê de agora o mercado decidir o que seria publicado e as editoras decidirem o que será escrito. Ela perguntou onde estava a beleza da liberdade artística, onde ficaria a diversidade de pensamento e identidade?

— Eu entendo, mas se não concorda eu acredito que não posso ajudá-la. Eu apenas digo o que é melhor para você e sua carreira.

— Certo, Alfred, então realmente não vamos adiante com essa reunião. Lamento, mas não mudarei minha proposta.

— Tudo bem, então lance o seu livro como uma autora independente ou encontre alguma boa editora que aceite publicar seu trabalho. Não tenho mais nada para dizer sobre isso. Você me entende Bella?

— Sim, claro! Farei isso. Obrigado pelo seu tempo e até mais, Alfred — disse ela, um tanto insatisfeita com o que ouvira. Aquilo a deixou pensando sobre seu estilo.

Bella sabia que no fundo Alfred tinha um pouco de razão, mas algo dentro dela insistia em apostar em sua ideia inicial, independentemente do que o mercado buscava. Ela foi até a cafeteria Ninth Street Espresso, pediu um café e ficou ali sentada pensando por alguns minutos. Resolveu enviar uma mensagem para Beatriz para ver o que podia fazer para dar segmento.

E não demorou muito para ela retornar a ligação e dizer que uma amiga antiga trabalhava havia alguns anos na Simon & Schuster, Katie Fleming.

— Talvez ela possa se interessar pelo seu trabalho!

Beatriz enviou o contato para Bella. Isso mudou seu humor. Ela conseguiu ver uma chance única em uma grande editora. Isso foi como um sopro de oxigênio para a alma de Bella.

Enquanto isso acontecia, Ethan e Paul ainda estavam conversando, porém, Paul precisava ir embora. Ele se despediu de Ethan, que o esperou se afastar e imediatamente ligou para Margot para conversar e saber se ela estava bem.

Ela atendeu e disse que estava bem, mas gostaria de conversar com ele, pois já fazia algum tempo que não se viam. Perguntou, então, se poderia ir visitá-lo no dia seguinte. Ethan, sem pensar muito, confirmou que sim, pagou a conta e retornou para seu apartamento caminhando.

Bella já estava esperando para contar o que acontecera, inclusive sobre a conversa com Katie.

— Ela conseguiu horário na agenda para nos vermos amanhã. Katie é amiga de Beatriz e coincidentemente ganhou dela o meu livro no Natal passado. Ela falou que adorou o livro e que está ansiosa para se encontrar comigo.

— Vai dar certo, Bella, acredite! O que não deu certo foi o relacionamento de Paul e Margot; foi o que ele me falou hoje.

— Nossa! Mas o que houve?

— Ele apenas disse que estavam brigando por coisas pequenas e também porque ele vai se mudar para Chicago, pois conseguiu um novo emprego lá.

— Mas a Margot está bem?

— Sim, eu liguei para ela; ela disse que está bem e que virá aqui amanhã.

— Ok, vou tomar banho e deitar. Estou um pouco enjoada, acho que a tensão com Alfred não me fez muito bem, e preciso estar bem para amanhã — disse Bella.

— Certo, vou ler e logo mais vou deitar também.

Ele se sentou na velha poltrona com um livro nas mãos e começou a pensar na vida. Por mais que andasse, sempre havia mais estrada pela frente.

Mais um dia findava e outro começava. Era dia de ir fazer compras, mas Ethan iria sozinho, pois Bella iria se encontrar com Katie às dez e meia. Ethan falou com seu pai no telefone e depois do café saiu para as compras. No mercado, encontrou Leonard, seu antigo chefe da Odlen.

Eles conversaram no estacionamento e Ethan recebeu uma proposta para retornar, mas apenas agradeceu, dizendo que aceitaria jogar basquete qualquer dia desses. Leonard gostou da ideia e mandou que ele se preparasse, porque em breve marcaria esse jogo.

Bella estava saindo de casa quando encontrou o senhor Thomas no corredor e contou para ele aonde estava indo e o que havia ocorrido desde sua visita. Ele sorriu brevemente e lhe desejou boa sorte.

E parece que funcionou. Katie fez algumas observações. Ela havia atuado como redatora do *Times*, então atalhou alguns processos e levou Bella para uma sala no andar acima. Lá, as duas se reuniram a duas outras pessoas para discutir a proposta e definir prazos. Bella nem acreditava que tudo havia dado certo, mas sabia que agora estava em suas mãos escrever e entregar um bom trabalho, pois seu livro iria ser lançado pela lendária editora Scribner, que agora era uma divisão da Simon.

Bella ligou para Ethan assim que saiu da reunião, que durou quase duas horas.

— Ethan, eu tenho um contrato com a Simon agora!

— Você merece! Foi para isso que voltamos. Vai almoçar com Beatriz hoje?

— Sim! À tarde eu volto para casa.

— Ok, beijo... tchau.

Extasiada pela oportunidade e ansiosa para dar a Beatriz a boa notícia, Bella ia caminhando pela calçada, de maneira leve, um pouco saltitante, sorrindo e emocionada ao mesmo tempo, como uma jovem apaixonada.

Enquanto isso, Ethan organizava o apartamento e preparava o almoço para Margot, que estava chegando. Depois de uns vinte minutos o almoço estava pronto e a campainha tocou.

— Era aqui que você se escondia, então? — disse Margot, na porta, segurando um Merlot.

— Seja muito bem-vinda ao meu esconderijo, senhorita Mortensen.

— Quanto tempo, meu amigo! Já estava com saudade desse sotaque.

— Eu também estava com saudade, não nos vemos desde o Luke's Bar.

— É verdade... já faz algum tempo!

— Venha para a mesa, vou servir nosso almoço. Carne de cordeiro ao molho madeira.

— Nunca comi isso, Ethan! — Ela deu um sorriso. — Mas parece gostoso!

— Pois então hoje é o dia de conhecer minhas habilidades na cozinha — disse Ethan, vestindo um avental com o mapa do Texas desenhado na frente.

— Ok, vou analisar suas habilidades — disse, rindo.

Os dois almoçaram e ficaram conversando sobre o passado e, claro, sobre Paul e o que havia acontecido. Até que resolveram abrir o vinho e ir para a sala, onde Ethan mostrou seus livros, a famosa poltrona e revelou um segredo para Margot:

— Estou pensando em pedir a mão de Bella em casamento.

— Nossa, que coisa boa! Mas você demorou pra pensar nisso, né?

— Sim, eu fui deixando a vida andar e não percebi que deveria já ter feito isso.

— Mas o que aconteceu para que que você pensasse nisso? — Margot quis saber.

— Hoje ela fechou um contrato importante, há alguns dias eu fechei um contrato importante, meu pai fechou um contrato importante e pelo que percebi até Paul fechou um em Chicago. E no meio desses diversos contratos eu e Bella estamos ficando para trás, então acredito que chegou o momento de eu fechar o contrato mais importante da minha vida com a pessoa mais especial para mim.

— Ethan, eu te odeio! Você está me fazendo chorar aqui já — disse Margot.

— Deve ser o vinho! — Ethan sorriu.

— Ok, e já pensou como vai ser o pedido?

— Não, eu nem faço ideia. Estou te contando pra saber.

— Calma, eu vou fazer mais. Vou te ajudar a fazer um belo pedido.

— Certo, mas como? — perguntou Ethan.

— Então, me escuta! A minha ideia é a seguinte...

Eles passaram a tarde planejando o grande pedido de Ethan. Margot pensou em diversas possibilidades até que decidiram que ia ser no jantar no aniversário de namoro deles, para ela não desconfiar de nada.

Na casa de Beatriz, Bella, depois de falar sobre o contrato mais de mil vezes durante o almoço, se queixou de estar se sentindo estranha. Sua menstruação estava atrasada e havia algumas dores de cabeça também. Beatriz parou tudo que estava fazendo e falou com convicção:

— Eu tenho certeza, você está grávida!

— Não, eu acho que não pode ser isso.

— Tudo que você descreveu eu senti quando estava esperando John.

— Será? Você tem certeza disso?

— Fique com John um pouco, vou lá na farmácia comprar um teste.

— Certo, vamos descobrir, então. Ai, meu Deus...

Beatriz retornou em dez minutos com teste. Bella o pegou e foi para o banheiro. E o que não estava nesse novo roteiro aconteceu: Bella estava grávida! Ela ficou feliz e preocupada ao mesmo tempo, querendo saber se conseguiria cumprir o contrato mesmo estando grávida. E como será a vida dali para a frente?

Várias dúvidas surgiram, mas Beatriz pegou as mãos dela e disse que era para ela ter coragem, que tudo iria dar certo.

— E como conto isso para Ethan?

— Apenas diga ou espere um momento especial.

— Tem o nosso aniversário de namoro na semana que vem, sempre saímos para jantar. Pode ser uma boa data. Você não acha?

— Com certeza será. Não conte a ninguém mais e revele no aniversário.

— Certo! — disse Bella, três segundos antes de começar a chorar de felicidade e medo.

Quando chegou em casa, Ethan estava lavando a louça. Ela ficou ao lado dele ajudando a secar e contando sobre a reunião e sobre o almoço com Beatriz.

Ethan falou sobre o almoço com Margot, os detalhes do término. Ele disse que encontrara o senhor Thomas quando desceu para se despedir de Margot, e que ele estava lá fora fumando. Quando seguiam para o quarto, Ethan disse:

— Eu estava pensando que podíamos fazer uma coisa diferente quando sairmos para jantar na semana que vem. Pensei em surpreender você, pode ser?

— Surpreender? Acho ótimo, mas tem certeza, Ethan? Mas não sou de me surpreender facilmente, você sabe disso.

— Quando eu disse que vou, pode ter certeza de que vou te surpreender. Tem um lugar especial que eu descobri. Espere e verá!

Com a dica de Margot, Ethan pediu ajuda para funcionários do restaurante do Brooklyn para preparar um belo jantar; o senhor Thomas disse que Ethan poderia usar o terraço do prédio para o jantar e Margot iria fazer a decoração.

A semana foi passando enquanto eles organizavam tudo isso. Margot colou luzes de Natal, forrou a mesa com uma toalha xadrez vermelha, e os cozinheiros do restaurante prepararam tudo na cozinha da casa do senhor Thomas na noite do jantar. Ethan disse a Bella que iriam sair para um lugar especial, então os dois subiram de elevador, e depois um lance de escada, Ethan pediu para ela fechar os olhos e ele abriu a porta.

E pronto! Lá estava um digno cenário de filme, uma mesa linda diante da paisagem dos prédios de Nova York, um céu estrelado e uma música clássica italiana de fundo ambientando aquele lugar magicamente, a mesa arranjada, com cadeiras confortáveis. Repentinamente surgiu diante deles o chef Ryan, acompanhado por dois auxiliares habilidosos, cada um portando bandejas repletas de filés especiais e deliciosos acompanhamentos.

Em sincronia, um sommelier se aproximou do outro lado da mesa apenas dois minutos depois. Bella, maravilhada, mal podia acreditar no espetáculo culinário que se desenhava diante de seus olhos. A dedicação de Ethan revelada naquele momento estava além de suas expectativas. Ela pensava: *ele me fez uma surpresa, mas quem vai ficar surpreso esta noite vai ser ele depois que eu contar da gravidez.* Enquanto ele pensava: *ela acha que essa é grande surpresa; espere até ouvir o meu pedido.*

Jantaram, relembrando como se conheceram (sempre falavam disso), e tudo que já fizeram juntos. Comentaram que o retorno para Nova York estava compensando muito, confirmando que tinha sido a melhor decisão para todos, inclusive para a fazenda. Ethan então revelou a ela sua ideia de cursar um MBA e abrir uma empresa de consultoria no futuro. Isso empolgou Bella, que o incentivou a tirar essa ideia do papel o mais rápido possível.

Os garçons retiram os pratos, os dois ficaram admirando a beleza da noite e Bella tentando adivinhar quem foram os ajudantes de Ethan para esse jantar mais que especial. Foi quando, depois de um breve silêncio, ela disse:

— Ethan, eu tenho algo para dizer, mas resolvi mostrar, e assim você vai entender o que eu quero dizer mais facilmente.

— Tudo bem, me mostre então, meu amor!

Sob a luz das estrelas e de alguns arranha-céus de Manhattan, ela entregou um pequeno pacote para Ethan, seus olhos brilhando de alegria. Ethan, curioso e cheio de amor por sua esposa, abriu o presente com cuidado. Dentro da caixa, ele encontrou um par de sapatinhos de bebê e um pequeno bilhete escrito por Bella: "Para o papai mais incrível do mundo!".

Ethan, olhando para Bella, sentiu o tempo congelar nesse instante, percebendo que o mundo era deles. Com um olhar intenso, ele deslizou a mão até o bolso direito de seu casaco e retirou outra caixinha. Sim, ali mesmo ele a pediu em casamento, transformando um momento especial em algo ainda mais extraordinário do que ambos haviam planejado. Bella, surpresa e emocionada, mal podia acreditar no que estava acontecendo. Com os olhos marejados, ela murmurou um emocionado Sim!

E naquele exato momento duas coisas ocorriam ao mesmo tempo, eles tentaram surpreender um ao outro, e ambos acabaram sendo surpreendidos pela vida. Ele, que agora se diante de uma nova jornada que ainda estava longe de chegar ao final. Porém, sabia que a paisagem iria ganhar uma nova perspectiva a cada curva dessa longa e empolgante estrada.

Os dois se levantaram da mesa e caminharam até a borda do prédio, ao longe dava para escutar alguém tocando um blues em uma gaita de boca, o vento soprava leve e uma fina névoa saía de suas bocas.

Bella ajustou o cachecol ao redor do pescoço, absorvendo o frio que contrastava com o calor em seu coração. Ao lado dela, Ethan sorria, segurando a mão dela como se cada batida desse acalentado coração fosse uma promessa renovada que transcendia as palavras.

Muitas coisas ocorreram até esse momento e tudo parecia vir em flashes na cabeça de Ethan naqueles poucos minutos enquanto caminhava com Bella no terraço. Ele se lembrou dos detalhes da bolsa, da porta sem número e do livro *Fahrenheit 451* e do gosto do vinho daquela noite em que fora pela primeira vez até o apartamento dela. Ele sabia que tinha tomado uma das decisões mais importantes de sua vida e agora confirmava o que a própria vida já estava escrevendo em cenas a cada dia que havia passado.

E ali, no alto de mais um entre tantos terraços de Nova York, eles brindaram ao presente e ao futuro, vibrando nas nuances de uma noite que marcava o início de novas páginas que ainda estavam por serem escritas.

PARTE 3

CAPÍTULO XVIII

Oito anos depois...

Era outono e a pequena Alice estava de vestido azul, uma fita branca no cabelo. Parada em frente ao memorial do Onze de Setembro, sem entender nada e nem o porquê de estar ali. Uma voz era escutada ao longe se aproximando, repetindo duas vezes.

— Ethan, é você?

A voz era da Louise Reid, sua velha amiga do Texas, aquela que participava de rodeios.

— Louise, é você? O que veio fazer em Nova York?

— Estou visitando minha tia e amanhã já estou indo embora.

— Quem é esta linda garotinha? — perguntou Louise.

— Esta é a Alice, minha filha. Estamos indo encontrar a mamãe dela daqui a pouco. Não quer vir com a gente?

— Ah, não, infelizmente não posso. Marquei de almoçar com a titia hoje na casa de uma amiga dela que está fazendo aniversário.

— Certo, então, Louise. Foi muito bom reencontrar você.

— Digo o mesmo, Ethan. Espero você em breve lá em Dallas.

— Certo! Diga tchau para ela, filha... — A pequena abanou a mão timidamente enquanto Louise se afastava.

Os dois entraram no restaurante italiano Arturo's, no West Side, onde Bella estava conversando com Joseph, o dono do lugar. Eles entraram e Ethan caminhou até a mesa segurando a mão de Alice e cumprimentou o famoso senhor Joseph, que já estava de saída.

— Frank ligou; ele precisa que eu vá até Chicago — disse Bella, se referindo a Frank Miller, um produtor que desejava fazer uma adaptação do seu último livro para o cinema.

— Quantos dias? — perguntou Ethan enquanto acenava para o garçom vir até a mesa.

— Apenas um dia; vou na segunda e retorno na terça à tarde, acho que lá pelas cinco horas.

— Certo! Vamos pedir — disse Ethan.

— Bom dia! — disse o garçom, parado ao lado da pequena Alice.

— Traga um vitelo à parmegiana para mim, por favor. — Você deseja o quê, meu amor? — perguntou Ethan para Bella.

— Eu quero um *fettuccine filetto di pomodoro* e legumes com *stracciatella* para a Alice, por favor — respondeu Bella, com o menu nas mãos.

— Mais uma água com gás, por favor! — concluiu Ethan.

Após o almoço eles foram para a casa nova. Estavam morando em Forest Hills, no Queens. Agora, com Alice crescida, o apartamento não estava mais tão confortável para ele e Bella. Além disso, ele desejava morar em um lugar mais calmo que Manhattan, e o Queens parecia uma boa opção. O lugar era tranquilo, seguro e a casa era grande, com garagem de tamanho suficiente para a

Chevy e o carro novo de Bella. Então, o apartamento fora vendido seis meses antes. Desde então, Forest Hills era o novo bairro deles.

Ethan continuava a participar da gestão do rancho em Brownwood, mas Reacher fora promovido a gerente do lugar, e tudo ficara mais centralizado no Texas. Ele apenas participava das transações comerciais referentes à produção final. Sua vida mudara nos últimos cinco anos: ele concluíra o MBA, fizera mais alguns cursos e abrira uma agência de consultoria em agronegócios em Williamsburg, no Brooklyn, a Keynes Agency.

Bella continuava a escrever seus livros. Apesar do sucesso de seu último romance, com a chegada de Alice ela se desafiara a produzir uma pequena coletânea de histórias infantis.

A agência de Ethan tinha um escritório físico, algo em que ele nunca havia pensado em investir na cidade de Nova York, mas acabara conhecendo George Seinfeld, vizinho de Ryan em Tribeca. George lhe dissera que tinha interesse em vender um dos andares de uma antiga fábrica que lhe pertencia, provinda de uma herança paterna. O lugar era rústico, com grandes vigas de ferro, tijolos aparentes, estruturas elétricas sobrepostas com imensas janelas que avançavam até o topo do enorme pé-direito que havia.

Ethan não tinha essa intenção, mas Ryan insistira em levá-lo para olhar o no dia seguinte, e mesmo relutante Ethan acabara indo até o lugar. Ele teve a certeza de que poderia ocupar aquele local para seus negócios, principalmente para fazer reuniões presenciais em um ambiente agradável.

Atualmente, sua rotina semanal consistia em acordar com Bella, fazer o café e ela preparar as coisas para levar Alice para a escola. Ele saía para o escritório às sete horas. Pela manhã, dava atenção às coisas do rancho por uma hora e na sequência começava a trabalhar com seus clientes. Retornava às cinco da tarde para casa, brincava com Alice enquanto Bella preparava o jantar. Depois ele a punha na cama, contava histórias e seguia para a sala para ver séries na Netflix com Bella até umas nove e meia. Depois disso ela ia para o escritório para seu terceiro turno do dia, de escrita e revisão, e ele fica lendo na velha poltrona, sim, a mesma velha poltrona que tinha no antigo apartamento na Quinta Avenida. Por fim, ia dormir ou às vezes ficava lendo no quarto esperando Bella, que normalmente chegava uma hora depois dele.

Toda essa rotina podia parecer algo monótono e desagradável, mas não era; na verdade Ethan nunca estivera tão feliz. Agora era como se as coisas estivessem no lugar onde deveriam estar, mas o desejo de conquistar mais ainda não acabara. O que acabara tinha sido a pressa diária que as incertezas da vida morando em Manhattan lhe impuseram desde que chegara à cidade; tudo aquilo havia terminado.

Seus únicos desafios agora eram ser realmente o melhor pai do mundo e conseguir escalar seu negócio, assim como conseguira fazer com o Rancho Keynes. Ele sabia que nada seria fácil, mas tinha certeza de que tentaria.

Era a última sexta-feira do mês, mais um dia normal. Ethan estava no escritório com sua assistente, Giullia Morello, e seu jovem estagiário, Tyler Anderson, ambos estudantes de administração. Ela trabalhava com marketing e vendas da empresa enquanto ajudava na organização de arquivos e preparava café no escritório.

Como ritual, sempre na última sexta-feira de cada mês eles saíam mais cedo para um happy hour no The Gibson, onde Ethan e Tyler sempre comiam um delicioso *chili dawgs*, cultura que Ethan estava implementando em seu negócio, já visando ao seu plano futuro de expansão saudável.

Tudo estava muito bom, mas já estava ficando tarde, então Ethan retornou para casa, onde encontrou Bella dormindo com Alice em seu quartinho; ele as cobriu e foi tomar banho.

Então ele subiu até seu escritório, fechou a porta, colocou um vinil do B.B. King para tocar, serviu duas doses de Jack Daniels e se sentou diante de sua mesa de madeira rústica. Ali ele abriu a gaveta e pegou um velho caderno com capa de couro marrom que pertencera a Robert, seu avô. Verificou algumas antigas anotações que o velho Bob fazia; o controle de natalidade do rebanho na década de 1970 estava todo ali.

Folheando algumas páginas, Ethan encontrou uma folha dobrada, solta, no meio do caderno. Era uma das cartas redigidas por Elizabeth. Essa era da época em que Bob precisara viajar até o Novo México para participar de uma comitiva de gado em homenagem a um velho amigo. Na carta, Elizabeth expressava a saudade que estava sentindo e dizia que desejava a volta de Robert o mais breve possível, pois seu coração estava ansioso.

Ethan guardou o caderno na gaveta e a fechou, depois caminhou até a janela com o copo na mão e tentou imaginar por onde mais o velho Bob havia andado em todos esses anos. Infelizmente não havia mais a possibilidade de ouvi-lo contar suas velhas histórias como fazia. Ethan levantou o copo na altura dos olhos, saudando seu avô.

— Esteja onde estiver! — E depois disso foi se deitar.

No sábado eles haviam combinado de viajar para passar o fim de semana em Cold Springs com Scott Lucchese, o barista amigo de Ethan e dono de um restaurante temático em Hell's Kitchen, e Katie Fleming, que trabalhava na editora de Bella e era namorada dele, nascida em Cold Springs. Infelizmente ela não tinha mais familiares lá, apenas lembranças da antiga casa de seus pais, que agora residiam em Inwood.

Eles alugaram uma casa ali e nela ficaram a maior parte do tempo. Saíram apenas para fazer uma trilha no parque estadual pela manhã e retornaram na tarde de sábado. Na manhã de domingo visitaram pontos turísticos mais históricos da cidade e, claro, as charmosas lojas, pequenas cafeterias e livrarias.

Katie contou de seus relacionamentos passados, de sua experiência em Paris e também como conhecera Scott. Já ele apenas falava sobre seu novo negócio, a cafeteria temática de Sherlock Holmes.

— Você precisa ir conhecer, ela está incrível! — disse Scott.

— Eu vou, italiano, nós vamos! — respondeu Ethan.

A noite seguiu divertida. Eles conversaram e depois Katie e Scott foram para o quarto. Ethan e Bella aproveitaram a jacuzzi que havia no lugar e passaram um tempo ali antes de irem dormir.

O domingo divertido com amigos passou rápido, e a segunda-feira chegou. Eles pegam a estrada novamente e retornaram para Nova York, que não ficava muito longe.

Saíram às sete e meia da manhã, depois de tomar o café e se deliciarem com alguns pedaços de torta de maçã comprada em uma padaria simples.

Ao retornar ao trabalho na segunda-feira à tarde, Ethan percebeu que Tyler não havia comparecido no escritório e ficou preocupado. Ligou para o telefone dele e ninguém atendeu.

— Giullia, você sabe se está tudo bem com Tyler? Não consigo falar com ele, ninguém atende.

— Ele não me falou nada, pode estar atrasado. Vamos esperar para ver se ele chega.

— Certo, vamos fazer isso mesmo — disse Ethan.

O dia seguinte chegou, passou o horário da tarde e nem sinal de Tyler, então Ethan tomou uma decisão.

— Eu vou até onde ele mora Giullia, você fica aqui e vai montando essa apresentação para mim que na volta eu retomo. Se alguém ligar, diga para deixar recado que retorno amanhã de manhã.

— Certo, Ethan, pode deixar comigo! — disse Giullia.

O jovem Tyler morava no Harlem, então a viagem não seria rápida. Ethan levou alguns minutos para encontrar o endereço. O prédio era velho e na parte de baixo havia uma delicatéssen. Interfonou e ninguém atendeu. Ethan sabia que ele morava sozinho e então decidiu chamar a polícia e explicar a situação, mas eles também não o encontraram. Disseram que em breve entraria no ar o comunicado oficial de desaparecimento dele.

Ethan não sabia mais o que fazer, ele não acreditava no que estava ocorrendo, então resolveu retornar para o escritório e contou tudo para Giullia, que ficara sem condições de trabalhar a partir desse momento diante da situação com Tyler. Eles decidiram encerrar o expediente naquele momento. Ethan liberou Giullia para ir para casa e no dia seguinte trabalharia em casa até tudo se resolver na empresa.

— Eu mando notícias se souber de alguma coisa — disse Ethan.

— Ok, mas você vai ficar aqui? — perguntou Giullia.

— Vou terminar a apresentação, não se preocupe comigo. Só preciso ficar sozinho um pouco por um tempo e depois vou para casa.

— Certo, até mais.

Ethan não terminou a apresentação. Ele na verdade ligou para Bella e pediu para ela passar no escritório antes de pegar Alice na escola, que ficava ali no Brooklyn mesmo.

Com Bella no escritório, Ethan lhe contou o que tinha acontecido com Tyler Anderson. Ela não respondeu nada, apenas lamentou com o olhar e abraçou Ethan, dizendo:

— Vamos pra casa. — Nada mais.

Um clima pesado estava no ar, ele então apagou as luzes, foi com ela até a escola de Alice e depois retornam para Forest Hill.

A semana passou com Ethan e Giullia trabalhando sozinhos, porque a polícia de Nova York ainda não dera informações sobre o paradeiro do jovem Tyler. Eles não puderam parar as atividades, precisavam seguir com os compromissos e projetos da empresa. Ethan teria uma reunião com um produtor de gado de Montana nessa semana; o homem desejava melhorar a imagem de sua fazenda de reprodutores e explorar o mercado de venda de sêmen.

O desaparecimento de Tyler continuava um mistério; não havia registro em nenhuma câmera de segurança ou passagem comprada. Ethan preferia pensar que ele tinha ido para algum lugar no interior com uma garota ou partiu para a Califórnia para trabalhar em Hollywood.

A vida seguiu. Na quinta-feira Reacher viria do Texas para conhecer o escritório em Nova York e as *steakhouses*. As coisas no rancho mudaram um pouco nesses últimos anos; as ovelhas foram vendidas, Martha e Adam cuidavam da pequena produção de grãos, que ainda se mantinha, a parte do gado estava sob controle de Reacher e Jacob. Ethan ainda monitorava as duas operações, inclusive, após seu casamento com Bella, a lua de mel deles não ocorrera porque, além do nascimento de Alice, Ethan precisara passar uma semana em Goldthwaite.

Eles ainda queriam fazer uma viagem internacional sozinhos esse ano, mas tudo dependeria de Ethan conseguir conciliar suas atividades e de Alice estar preparada para ficar um tempo longe deles. Martha desejava que ela ficasse na fazenda para o vovô Adam a ensinar andar a cavalo e a fazer outras mil coisas.

Enquanto isso, Bella estava em Diamond District para falar com Katie e Charlie Bly, seu novo agente na editora, sobre a ideia proposta por Frank Miller.

A ideia dele era fazer uma adaptação do livro de Bella para um filme ou uma série e vender para algum serviço de streaming, como a Netflix. A oportunidade parecia atrativa, mas Katie acreditava que seria melhor Charlie ir com Bella para Boston; ela concordou e assim ficou definido. A viagem aconteceria na sexta-feira.

No escritório, Ethan saiu da reunião com alguns clientes, depois de mais um negócio fechado. Ele nunca havia imaginado que daria tão certo. Feliz, abriu um Scotch Single

Malt para brindar com Giullia. Ela não bebia Whiskey, mas, percebendo a alegria de Ethan decidiu brindar.

E por outro motivo que também importava: ela admirava muito Ethan, para ser mais direto, ela nutria sentimentos que não deveria sentir por um homem casado e que era seu chefe. Nunca esboçara nada nem ele demonstrara qualquer interesse. Esse era um segredo que ela guardava consigo em um lugar dentro de seu coração. A relação amigável e profissional deles era algo de muito importância para ela, e acima de tudo havia sua gratidão com Bella, que cedera um quarto em sua casa em Forest Hill para ela ficar até encontrar um apartamento para alugar no Brooklyn, o que não demorara muito com a ajuda de Winston, um corretor que era tio de Melissa Harper, que já trabalhara com Ethan na cafeteria e era namorada de Ryan, o chef.

CAPÍTULO XIX

Giullia tinha apenas vinte e cinco anos e era filha de italianos que moravam na Pensilvânia. Estudara administração e fizera pós-graduação em marketing, depois disso trabalhara para uma empresa que vendia softwares, mas que acabara indo à falência. Após dois meses sem emprego, ela recebera a proposta de Ethan para ocupar a vaga de assistente de marketing da empresa dele, então decidiu vir para Nova York e começar uma nova vida.

Era sexta-feira e ela chegou cedo ao escritório. Alguns minutos depois chegaram Ethan e Reacher. Ela mostrou o lugar para ele enquanto Ethan prestava uma consultoria online a um cliente do Canadá. Quando terminou, os dois foram ao encontro de Ryan no restaurante junto com o senhor Jamie Storch, o dono.

Jamie mostrou a Reacher todo o processo, depois eles almoçaram e degustaram um *Keynes porterhouse* preparado especialmente pelo chef Ryan. A experiência foi única para Reacher, que ficou encantado e pela primeira vez em todos esses anos sentiu o valor de seu trabalho diário no interior do Texas alcançando um lugar de destaque no cenário gastronômico. Aquilo o emocionou; Ethan percebeu e se emocionou também.

Ao retornar para o escritório, Ethan pediu que Giullia organizasse uma mesa para Reacher trabalhar com as planilhas de controle sanitário do rebanho. Um pouco depois das 17h20 ele terminou, então ela mostrou como funcionavam as consultorias da Keynes Agency.

Ethan finalizou suas coisas no escritório, pediu para Giullia fechar o local e foi com Reacher para casa, onde Bella preparava um jantar para eles e também para Beatriz.

— Quem é Beatriz? — perguntou Reacher.

— Amiga de Bella. Uma ruiva muito inteligente, trabalha no jornal.

— Uma ruiva é? — perguntou Reacher.

— Sim, uma ruiva! — confirmou Ethan, sabendo que ele adorava mulheres ruivas.

Ao chegar lá, Bella apresentou Beatriz a Reacher, e eles trocaram cumprimentos amigáveis. O jantar transcorreu em um clima leve, com vinho, risadas e histórias. A presença de Reacher adicionou uma energia diferente ao ambiente, e todos pareciam se sentir à vontade com aquele homem de quarenta e poucos anos e tão simples no jeito de ser.

Durante a refeição, Beatriz compartilhou algumas histórias intrigantes de seu trabalho no *Times*, mantendo todos envolvidos na conversa, principalmente Reacher. Um pouco depois ela foi até a cozinha para pegar mais vinho e retornou pedindo para ele contar alguma boa história da fazenda. E então ele começou a falar.

— Há uns três anos aproximadamente um enorme javali atacou uma das ovelhas lá do rancho. Ethan estava aqui em Nova York e Adam em Brownwood. Estávamos apenas eu e Jacob. Começamos uma caçada para tentar encontrar o animal, mas não encontramos nada, apenas rastros que se apagavam nas pedras. Porém, estávamos determinados a proteger o rebanho, nem que precisássemos passar a madrugada de tocaia. Então seguimos rastreando próximo do riacho. Estava um dia quente, era mais provável que o animal estivesse na direção da água.

"Foi então que, ao cair do sol, nós o encontramos. Ele percebeu que estávamos chegando e assumiu uma postura defensiva. Eu disse a Jacob que deveríamos nos aproximar com cautela para evitar que ele fugisse ou atacasse os cavalos.

"Cada passo era calculado, mesmo com o animal à vista deixamos ele baixar a guarda e ficar tranquilo. Jacob estava com a espingarda com luneta e eu com a velha winchester de Bob. Jacob queria dar o tiro, então eu orientei a controlar a respiração e não errar; eu iria me aproximar mais e ficaria mais perto do animal para dar o segundo tiro assim que ele disparasse.

"Porém, Jacob errou o tiro e o animal, pesando uns quatrocentos quilos, veio disparado na minha direção. Eu precisaria pará-lo com tiro apenas, seria preciso acertar seu olho. Eu contei e disparei o rifle. O som do tiro cortou o ar enquanto a bala atingiu o alvo. O javali foi atingido, seu corpo caiu lentamente a uns dois metros de distância do meu cavalo. Foi um dia que jamais vou esquecer; eu poderia ter morrido, mas Deus e uma winchester estavam comigo para minha sorte."

O silêncio imperava em torno da mesa, todos atentos à história que Reacher havia contado, que fizera todos sentirem a emoção dessa caçada com ele e Jacob.

— Nossa, estou sem ar! — disse Beatriz.

— Eu me lembro desse dia, meu pai me contou que inclusive vocês fizeram um belo churrasco de javali naquela noite — comentou Ethan.

— Verdade, isso aconteceu mesmo. Seu pai convidou Leroy para jantar aquela noite, sua mãe preparou legumes para nós, o céu estava estrelado e a lua iluminando toda a plantação de milho; foi um ótimo dia para recordar.

Após o jantar, histórias e conversas, Beatriz precisou ir embora. Ethan emprestou a Chevy para Reacher a levar em casa, enquanto ele, Bella e Alice ficaram no sofá da sala. O tempo passou, eles colocaram Alice no quarto e foram se deitar. Foi quando escutaram o som do motor da Chevy chegando. Ethan foi falar com Reacher após ele estacionar na garagem e o levou até o quarto onde iria se hospedar.

O dia seguinte amanheceu com um lindo céu azul. Ethan acordou e Bella ficou na cama enquanto ele preparava o café da manhã. Na sequência, Reacher entrou na cozinha. Ethan estranhou o fato de ele estar está usando perfume. De repente se ouviu um carro parar na frente de sua casa; Reacher foi até a porta e avisou que passaria o dia com Beatriz, pois ela queria lhe mostrar alguns pontos da cidade.

Meia hora depois, Bella acordou e veio tomar café. Alice também levantou e para comer. Ethan estava lendo o jornal quando Bella pediu:

— Ethan, acorde o Reacher para vir tomar café.

— Reacher? Não, ele já deve ter tomado café em algum lugar de Manhattan com Beatriz — disse Ethan, olhando para o jornal.

— O quê?! Ethan, o que você disse?

— Sim, Beatriz veio buscá-lo um pouco mais cedo.

— Eu não acredito! — Ela se levantou e foi até o quarto de hóspedes conferir.

— Pode ver! — Ethan acenou com a mão na direção do quarto.

— Meu Deus! Isso é real, eles saíram juntos — exclamou Bella.

Alice foi para o tapete da sala desenhar e Ethan, após o café, foi trocar o filtro de óleo da caminhonete na garagem. Bella ficou no canto da sala, onde improvisara um pequeno ateliê para pintar alguns quadros de árvores, pássaros e montanhas.

Eram quase 11 horas quando Ethan terminou o que estava fazendo e foi tomar banho; Bella também foi dar banho em Alice para eles saírem. Eles iriam até o Soho almoçar com Melissa e Ryan. Ethan deixou uma mensagem de texto para Reacher, avisando que só retornariam após as duas da tarde.

Eles seguiram na Macan SUV de Bella, já que na Chevy não havia como colocar a cadeirinha de Alice. Minutos depois lá estavam eles, trancados no trânsito de Manhattan tentando alcançar Tribeca.

Enfim, conseguiram chegar para o almoço. Melissa já estava esperando por eles, e Ryan preparava deliciosos T-bones para servir. Aquela era a primeira vez que Bella ia à casa deles; apesar do contato por intermédio de Ethan, nunca tinham tido uma oportunidade para conversar com mais calma.

— Ryan, você é brasileiro, então? — perguntou Bella enquanto Melissa mostrava seus desenhos e preparava alguns papéis para Alice desenhar. Ethan tinha ido até a pequena adega pegar um Merlot.

— Sim, sou brasileiro! — respondeu Ryan.

— Eu tenho um amigo, o Noel, que também é brasileiro. Ele é de Santa Maria, uma pequena cidade no Sul do país.

— Claro que eu conheço, também nasci no Sul. Nosso estado se chama Rio Grande do Sul, lá é um pouco diferente do resto do Brasil.

— Sim, Noel sempre falava isso quando estudávamos em Oxford. Mas eu nunca consegui entender Noel. Você pode tentar falar um pouco sobre isso?

— Posso sim! Então, para começar, lá o clima é subtropical, diferente do restante do país, onde predomina o clima tropical. E isso levou os imigrantes italianos e alemães a preferirem aquela região quando migraram da Europa. É por esse motivo que a cultura do estado é um pouco diferente, sem dizer que faz fronteira com Uruguai e Argentina, o que impactou nos costumes do estado. Lá se toma mate, come-se muito churrasco, há diversas fazendas com plantações e pecuária.

— Tipo o Texas, então? — perguntou Bella.

— Sim, lembra um pouco, mas é um pouco diferente, lá não há caubóis e sim gaúchos, denominação para todos os que nascem lá. Isso também é uma influência dos nossos países vizinhos.

— Quando conheci Ethan, lembro que tomamos um vinho que havia sido produzido, eu acho que lá, não lembro exatamente o local.

— Sim, os melhores vinhos brasileiros também são produzidos no Sul.

— Ouvir você falando isso, me dá até vontade de ir até lá para conhecer — disse Bella.

Ethan chegou com um vinho nas mãos, recém-aberto, da adega de Ryan. Ele perguntou para Melissa, que estava com Alice na sala:

— Onde posso encontrar as taças?

— No armário verde da esquerda, Ethan.

— Certo, obrigado! Vou pegar.

Ele foi até a bancada da cozinha para servir. Ryan o ajudou e serviu a primeira taça para Bella, dizendo:

— Olha, este é um dos vinhos gaúchos de que estávamos falando agora pouco!

— Ah, meu Deus! Você tem aqui esses vinhos?

— Sim, eu importo alguns normalmente e tento trazer alguns quando vou visitar minha família no Brasil — explicou Ryan.

— Em qual cidade reside sua família no Brasil? — perguntou Bella.

— Eu nasci em Uruguaiana, na fronteira com a Argentina.

— Ethan, precisamos ir para o Brasil algum dia — apontou Bella.

— Com certeza nós vamos, Bella.

Melissa colocou uma música para tocar e foi até a cozinha, onde brindaram, conversaram mais um pouco e depois almoçaram. Ryan mostrou o terraço do prédio para Ethan e a pequena horta de temperos que ele cultivava.

As horas voaram e já estava na hora de retornar. Eles se despediram e voltam para casa. Reacher ainda não havia chegado e mandara mensagem dizendo que retornaria mais tarde. Ele estava com Beatriz em algum bar no Upper West Side em uma confraternização de alguém.

Bella foi se deitar um pouco com Alice, que estava com sono, enquanto isso Ethan ficou pensando em um rosto que pensou ter visto em Manhattan, alguém caminhando usando um pequeno chapéu e parecendo bastante com Tyler, mas na hora ele não podia parar para verificar e nem quis comentar com Bella no momento.

Aquilo ficara em sua cabeça, pensar que o jovem poderia estar se escondendo de alguém ou com algum problema tirava o sono de Ethan e ao mesmo tempo era um alívio, pois pelo menos saberia que Tyler ainda estava vivo.

CAPÍTULO XX

Eram 22h42, Bella escrevia sentada à sua mesa, em frente a uma das janelas do terceiro andar, onde ficavam dois escritórios da casa, apesar de Ethan usar o dele muito pouco agora. Ela já estava um pouco cansada e com sono, seus olhos piscavam cada vez mais. No quarto Ethan já estava deitado e Alice dormindo em sua cama.

Bella se perguntou sobre o porquê de estar assim, talvez estivesse dormindo mal ou então apenas cansaço natural do dia. Ela sentia que não estava com a mesma energia de antes desde que Alice nascera. Agora, porém, conseguia ver coisas na vida que antes não conseguia. Era como se estivesse em outro mundo, com pensamentos mais calmos e tranquilos sobre as pequenas preocupações que no passado a rodeavam. Talvez a vida adulta tivesse chegado rápido com a maternidade e a tornado a mulher forte que era.

Ela decidiu verificar seus e-mails antes de ir dormir e percebeu que havia um de Frank Miller; poderia ser a contraproposta que Bella e Charlie fizeram. Ela decidiu não abrir; acredita que ler o e-mail poderia fazê-la perder o sono ou não dormir muito bem, então foi direto para a cama.

Na manhã seguinte, depois do café, Ethan levou Alice para a escola e Bella foi até sua mesa, ligou o computador e abriu o e-mail enviado por Frank. Lá estava uma resposta sobre a última reunião. Ele toparia os novos valores propostos por Charlie se ela concordasse em participar da criação dos roteiros.

Enquanto Bella pensava profundamente sobre isso em casa, no escritório do Brooklyn Ethan enfrentava mais um desafio com Irwin Hopper, seu contador. Eles estavam verificando algumas contas da empresa e os números estavam errados. Também notaram que havia pequenas movimentações bancárias ocorrendo havia meses.

Giullia mostrou que com os custos e marketing tudo estava em ordem. Ethan ligou para o banco e bloqueou algumas contas da empresa por segurança; ele também acionou as autoridades para abrir uma auditoria, junto com Irwin, seu contador.

Em casa, Bella ligou para Charlie e Katie a fim de discutirem a proposta. Katie acreditava que ela perderia dinheiro se trabalhasse para a produtora de graça apenas para cumprir uma condição; por outro lado, essa condição era a mesma que lhe garantiria um pagamento de duzentos e cinquenta mil dólares. Katie continuava argumentando que ela deveria pensar mais. Charlie achava que a proposta era boa e poderia gerar novos frutos para Bella caso tudo desse certo.

Bella estava inclinada a aceitar a proposta, mas isso demandaria sua presença nas filmagens, que durariam uns seis meses e a princípio ocorreriam em Paris. Ela sabia que era difícil quando se tinha uma criança de sete anos. Pelo menos ainda havia tempo para o projeto começar; seria apenas no ano que vem, mas a resposta para Frank devia ser dada em uma semana para que eles aprovasse os pagamentos e agilizasse os documentos.

Ethan descobriu que havia sido vítima do ataque de um hacker. Essa pessoa desviara uma boa quantia do que havia em duas contas da empresa, um montante bem significativo. Foi encontrado um programa instalado no computador de Ethan na empresa que facilitara o ataque cibernético. Segundo o investigador, esse programa não teria como ser instalado de forma remota.

A data de instalação coincidia com o primeiro dia de trabalho de Tyler. A polícia acreditava que o desaparecimento podia ter ligação com esse desvio. Agora precisavam encontrá-lo para saber se ele fazia parte de uma quadrilha ou fora coagido por alguém a ajudar no crime.

Ethan ficou muito triste em saber o que havia acontecido. Ele decidiu não se envolver mais com isso e deixar o trabalho para a polícia de Nova York. O grande problema era que o dinheiro de uma das contas bancárias iria ser destinado para uma campanha de marketing em que Giulia estava trabalhando. O projeto agora precisaria ser revisto, infelizmente.

Depois que os investigadores saírem, Ethan e Giulia foram para a sala de reuniões tentar ver o que poderiam fazer, e a única conclusão a que ela chegou foi que seria necessário retroceder para o básico, intensificar a produção de artigos para o blog do site e destinar a verba para trabalhar os e-mails para manutenção da base de potenciais novos clientes e os antigos, ideia de que Ethan nunca gostara muito, mas ele confiava em Giullia. Ela mesmo se encarregaria de executar isso em invés de terceirizar, como faziam antes.

Em casa, o telefone tocou. Era Beatriz, querendo saber se Reacher voltaria para Nova York. Ela contou para Bella que havia gostado de conhecê-lo, apesar de ser mais velho que ela. Ela se sentira muito bem na companhia do caubói grisalho.

Assim que Bella desligou o telefone, ele voltou a tocar.

— *Come sta la mia cara sorella?*

— Patrizzia! Está pronta para vir? — disse Bella.

— Estou arrumando minhas coisas ainda. *Non manca molto!*

— *Bene allora!* Alice está desejando muito conhecer você. *Ti aspettiamo qui Patrizia. Fino a tardi!* — diz Bella.

— *Ciao, sorella mia!* — se despediu Patrizzia, deixando Bella feliz.

Fazia dois meses que Bella soubera que Patrizzia, sua irmã, queria vir morar em Nova York. Ela terminara um relacionamento de oito anos com Mateo, e sua carreira como professora de história não andava muito promissora. Foi assim que surgiu a ideia de morar nos Estado Unidos; a sugestão tinha sido de Bella.

No trabalho, ironicamente, Ethan recebeu uma ligação de Scott, perguntando se ele não tinha interesse em adquirir uma parte de seu novo negócio, pois precisava de um sócio investidor que tivesse conhecimento no mercado de cafeterias e restaurantes.

— Scott, não posso no momento fazer esse tipo de investimento. Infelizmente estou com alguns problemas aqui e preciso resolver. Ligue para Jason, talvez ele tenha interesse.

— Horvat? — perguntou Scott.

— Sim, ele recebeu uma herança alguns meses atrás e comentou comigo que desejava investir, mas não tem clareza da área.

— Certo, Ethan, falarei com ele hoje mesmo!

— Até mais, Scott. — Ethan encerrou a ligação.

Ethan passou no mercado, depois pegou Alice na escola e retornou para casa. Chegando lá, contou a Bella o que havia acontecido. Ela ficou triste, mas não se abalou muito, pois sabia que tudo seria recuperado.

Ela contou para Ethan da proposta de Frank Miller e, ao contrário do que ela pensava, ele não se opôs, mesmo não gostando muito dos franceses. A notícia foi como uma luz transpassando seu rosto e salvando aquele difícil dia que estava vivendo.

A noite chegou, Ethan subiu para se sentar diante de sua mesa. Lá estava sua estante de livros e havia uma janela ao lado esquerdo de sua mesa; a vista não era mais do Central Park, mesmo assim era linda, com algumas árvores. Ele ainda tinha um bom lugar para ir caminhar às vezes, o Yellowstone Park, que ficava a um quarteirão e meio de sua casa.

Mudar-se para Forest Hills tinha sido uma das melhores escolhas que ele poderia fazer desde que viera para Nova York. Ele conseguia perceber que ali não era preciso ignorar a violência, as vielas sujas e pessoas perigosas que caminhavam por algumas ruas. Nada tirava a beleza de Manhattan nem apagaria sua história, mas dizer que era perfeita era uma ilusão. E uma das verdades era que talvez não fosse um bom lugar para criar uma criança, por isso Forest Hills fora uma boa escolha. Alice era a prioridade nas vidas de Ethan e Bella desde que chegara ao mundo.

CAPÍTULO XXI

Era sábado de manhã quando Patrizzia chegou. Bella estava regando as plantas de seus vasos que ficavam na frente da casa. Ela chegou de táxi; Ethan viu pela janela que alguém de cabelos curtos desembarcava com três malas enormes e mais uma bagagem de mão. Com certeza era a irmã de Bella. Então ele desceu para ajudá-la com a bagagem enquanto Bella mostrava o quarto e casa para ela.

Alice estava em seu quarto, brincando com seus livros de colorir quando Patrizzia abriu a porta para conhecer a pequena sobrinha. Foi paixão à primeira vista, depois disso elas não desgrudaram mais. Bella já havia dito que Patrizzia era muito boa com crianças, pois lecionara em escolas por alguns anos.

Ethan e Bella então fizeram uma proposta para Patrizzia: ela ficaria na casa morando com eles se quisesse e em troca trabalharia para eles como babá de Alice, porque Bella precisava de mais tempo livre para trabalhar e Ethan estava todos os dias no Brooklyn. Levou menos de dois segundos para ela aceitar a oportunidade.

Após o almoço, eles foram ao Corona Park, onde fizeram um piquenique. Bella cantava com Alice enquanto Ethan matava sua curiosidades sobre a Itália com Patrizzia, que começava a falar e misturava os idiomas na mesma frase.

Ethan não entendia algumas coisas, mas confirmava com a cabeça fingindo que sim, apenas para ela parar de tagarelar.

Bella contou para a irmã que estava produzindo uma pequena série de dez livros infantis com contos inspirados na infância delas. Isso emocionou Patrizzia, que ficou ansiosa para saber mais, mas Bella não deu mais detalhes. Também contou sobre a proposta do filme. Quando Patrizzia ouviu essa notícia, começou a falar mais ainda.

— Você tem que aceitar! Não deixe essa oportunidade passar.

— Existem condições que dificultam um pouco — disse Bella.

— Não pense nisso, eu estou com você e posso cuidar de Alice.

Por mais que parecesse uma afirmação feita na empolgação da notícia e Patrizzia estivesse feliz com a proposta, de certa maneira aquilo soou bem aos ouvidos de Ethan, que não havia pensado nisso.

Um pouco antes do final da tarde eles retornaram, mas as palavras de Patrizzia ecoavam como um disco arranhado na cabeça de Ethan. Ele sabia que precisa analisar as coisas com mais cautela.

Durante a noite, Ethan prepara o jantar, una deliziosa carbonara com temperos do Texas, enquanto Bella e Patrizzia olhavam velhos álbuns de foto no sofá da sala e Alice brincava com um quebra-cabeça que Ethan comprara por engano; a imagem era o Woody do Toy Story. Bella acreditava que isso nunca fora um engano, pois sabia que esse era o personagem favorito de Ethan, apesar de ele nunca admitir.

Enquanto cozinhava, Ethan refletia que um dia morava sozinho em um apartamento, no outro dia chegara Bella, depois mais uma pequena mulher, Alice e agora mais uma. Ele nunca havia pensado que isso aconteceria, mas até que estava gostando.

Sua melhor amiga era uma mulher, sua melhor funcionária e única agora também. E por falar em Margot, ela contara para Ethan na sexta-feira que a empresa onde trabalhava entraria em dissolução, devido a uma aquisição inesperada por um conglomerado de Chicago que estava expandindo para Los Angeles seus negócios da indústria automobilística Isso o levou uma epifania, mas a viabilidade seria resolvida apenas na segunda-feira no escritório.

O dia tinha sido ótimo! Com Patrizzia em casa, agora as coisas ficaram mais leves; Alice era uma criança que demandava muita atenção, e por isso ter alguém para dividir essa "missão" ajudaria muito na dinâmica da casa. Ethan acreditava que, apesar de seus problemas no trabalho, esse mês tinha sido especial, de modo geral.

Chegou a manhã de domingo. Ethan pegou a Chevy e foi até o antigo bar de Dean, sabendo que ele estaria por lá. Eles mataram a saudade, já fazia um bom tempo que não se viam. Ele contou que estava vendendo sua cabana no Canadá, pois desejava adquirir outra um pouco mais perto de Nova York.

Ethan foi ao mercado comprar comida e algumas cervejas, depois retornou para casa. Chegando lá, Patrizzia já havia acordado e estava fazendo o café da manhã; Bella estava acordando. Alice ficaria com Patrizzia em casa enquanto Ethan e Bella iriam a um restaurante almoçar com Margot, porém, resolveram que poderiam levá-la.

Eles almoçariam no Gallow Green, porque Bella tinha uma reserva para esse dia. Ela queria conhecer o lugar, e havia ótimas recomendações de outros clientes no Google. Após o almoço, foram todos caminhar no High Line por alguns minutos. Viram uma senhora sentada em um banco. Ela usava um pequeno e charmoso chapéu com uma flor rosa bordada; aquilo encantou Alice. Ethan a levou até a senhora, que foi simpática e deixou Alice tocar na flor em sua cabeça.

Bella e Patrizzia estavam alguns metros atrás tirando fotos e fazendo vídeos para postar em suas redes sociais. Bella nunca fora muito adepta das redes até uns dois anos antes, quando, a pedido de Katie, começara a gerar alguns conteúdos para seu perfil profissional no Instagram. Depois de caminharem, foram até o Chelsea Market comprar algumas coisas antes de retornarem para casa.

No caminho de casa, entre diversos assuntos, Patrizzia contou sobre o término de sua relação com o ex-namorado, que era médico. Ela descobrira que suas viagens para Milão nem sempre eram por motivos profissionais. Quem lhe contou tinha sido uma colega de ioga. Patrizzia soube que ele tinha outra mulher em sua vida, e mais: era pai de uma criança de cinco anos que ele sustentava também. Mateo tinha uma vida dupla, duas relações, uma em cada cidade. Isso explicava o fato de ele passar um ano o Natal em casa e no outro dizer que precisava estar em Milão a trabalho.

A história deixou Bella perplexa. Ethan preferiu nem falar nada e seguiu dirigindo em silêncio até o assunto terminar. Daí ele começou a contar o que descobrira pouco tempo antes lendo um artigo no jornal sobre a biblioteca pública.

— Cerca de quatro milhões de livros estão armazenados em pilhas subterrâneas abaixo do prédio da biblioteca e do Bryant Park, e há também milhões de livros armazenados em uma instalação externa em Princeton.

— Nossa, Ethan, eu nunca soube disso e moro aqui há muito mais tempo que você. Isso explica por que sempre me perguntava onde estava os tantos livros que se diziam.

— Nossa, essa cidade é cheia de segredos, hein? — comentou Patrizzia.

— Sim, inclusive o Bryant Park costumava ser um cemitério para os pobres de Nova York — disse Bella. — Mas isso é uma história para outro momento em que Alice não estiver por perto.

Após alguns minutos, eles chegaram em casa. Bella foi dar banho em Alice, Ethan subiu para o escritório e Patrizzia foi para o seu quarto, onde ficou até quase o horário do jantar. Bella então passou um tempo na sala pintando seus desenhos. Ethan estava escrevendo esboços de uns artigos para passar para no dia seguinte enviar para Giullia postar no blog da empresa ao longo do mês.

Ele desceu para a sala depois, para assistir televisão. Alice estava no tapete brincando e Bella tinha ido tomar banho. No jantar, depois, Patrizzia disse que desejava fazer um curso de culinária para preparar comidas especiais para a família.

No outro dia, segunda-feira de manhã, Ethan seguiu na Chevy para o escritório, Bella levou Alice para escola e Patrizzia limpou a casa e organizou suas coisas, que ainda estavam em malas, no seu quarto.

Giullia chegou junto com Ethan; ele nem sabia que ela tinha um carro. Então ele perguntou:

— Enjoou de usar o metrô?

— Não, estou só me acostumando com o carro.

— É um Tesla, é como se fosse um brinquedo elétrico.

— Nossa! Você não gosta de carro elétrico, pelo que estou vendo.

— Ficou tão óbvio assim? Desculpe, Giullia. Não se magoe!

— Tudo bem! Já recebeu a vacina antitetânica, Ethan? — rebateu Giullia, olhando para a Chevy estacionada e sorrindo. Ethan gostou da piada e riu também.

Após preparar o café, Ethan passou os artigos para ela e ligou para Los Angeles para falar com Margot.

— Ethan! — disse Margot.

— Oi! Então, eu estive pensando no que você me falou alguns dias atrás.

— Ah, sim... inclusive acabei de sair do prédio aqui, vim pegar umas coisas da minha mesa para levar para casa.

— Você já sabe quando virá para Nova York?

— Assim que resolver tudo aqui. Acredito que em uns dois meses.

— Certo! Eu queria dizer que gostaria de você aqui comigo.

— Tudo bem, mas como disse eu chego em dois meses.

— Não, eu acho que você me entendeu errado. Eu quero dizer que gostaria de ter você aqui na minha agência, trabalhando comigo. Garanto o mesmo salário que ganha aí se aceitar a minha proposta.

— Nossa, Ethan, nem sei o que dizer!

— Acabei de te enviar um e-mail já com a proposta e o contrato.

— Ok, gostei disso! Vou pensar e amanhã te dou uma resposta. Quero entender se as atividades estão à minha altura. Não quero cometer um nepotismo na sua empresa.

— Ah... fique tranquila! — disse Ethan, rindo.

— Até mais, Ethan!

— Margot! — disse ele, se despedindo antes de desligar.

Alguns minutos depois, Bella chegou à rua 109, estacionou a Macan e caminhou até a esquina da Quinta Avenida. Sim, ela estava no antigo endereço em que moravam.

A decisão de aceitar escrever roteiros para um filme em Paris a estava consumindo silenciosamente. Ela queria evitar pensar nesse assunto, que já não estava lhe fazendo bem. Mas era inegável que havia uma oportunidade, e, o melhor de tudo, em uma produção baseada em seu próprio best-seller.

Bella atravessou a rua e foi até o Central Park, como fazia antigamente. Caminhou um pouco e sentou no banco, no mesmo lugar onde Ethan pensara que tinha um esquilo falando com ele alguns anos antes.

Para decidir ir, seria preciso levar Alice, porque ela era muito pequena para ficar longe dela, mas Bella sabia que não poderia ficar o todo o tempo com a filha, e aí precisaria também levar Patrizzia. Teria que solicitar uma estadia maior, que suportasse mais pessoas do que a produtora havia definido na proposta. Mesmo apenas por seis meses, ainda era mudança demais para Alice, então ela acreditava que não devia aceitar. Foi nesse momento que um senhor se sentou ao seu lado com um jornal nas mãos. Era o senhor Thomas Blauner.

— Ainda consegue ler sem a ajuda dos óculos, senhor Thomas?

— Bella, você por aqui... que bom revê-la! — disse Thomas.

— Vim matar a saudade desse cantinho da cidade.

— Como vai a pequena Alice?

— Está bem! Acabei de levá-la para a escola. E o senhor, tudo bem?

— Sim, eu parei de beber.

— Que ótimo, senhor Thomas! Fico feliz com a notícia.

— Obrigado. Mas esse rosto não me engana. Eu sei que algo está lhe preocupando. Se não se importar em contar para este velho, talvez eu possa ajudar você.

— Tudo bem, o senhor está certo. Vou lhe contar...

Ela então relatou tudo que estava passando para o senhor Thomas, que a escutou com muita atenção, apenas para dizer uma única frase:

— Bella, o meu conselho é apenas um: não viva com arrependimentos.

Aquilo foi como uma luz na vida de Bella, levou-a de volta aos corredores do jornal em que trabalhava em Londres, quando pensara pela primeira vez em ir para os Estados Unidos e assim fizera, sem hesitar. Agora era mais um momento de avançar e evitar os arrependimentos da vida.

— Muito obrigado, senhor Thomas. Você salvou meu dia!

Com as dúvidas deixadas para trás, a decisão estava tomada. Porém, ainda dependia de um reajuste na proposta para ela aceitar, e, claro, teria que conversar com Ethan.

Ele estava com Giulia conversando sobre a possibilidade de uma nova integrante aderir ao time da Keynes Agency. Margot iria assumir as consultorias de gestão financeira e Ethan ficaria com as demandas administrativas e técnicas. Isso daria mais velocidade aos projetos e eles poderiam expandir mais rapidamente. E foi exatamente quando conversavam que o telefone de Ethan tocou; era uma mensagem de texto de Margot, dizendo: "Precisarei de uma mesa bem grande e café, muito café!".

CAPÍTULO XXII

Dois meses depois.

Era quarta-feira da última semana de novembro. A cidade estava colorida com folhas caídas pelo chão, o ar estava frio. Frank Miller daria a resposta para ver se a produtora arcaria com os custos de Alice e Patrizzia. Se isso não ocorresse, Bella não aceitaria o contrato para participar da produção do filme.

Ethan estava com Margot e Winston, o corretor, visitando o apartamento onde ela iria morar em Murray Hill. O lugar era bonito e a vista era agradável. Margot chegara havia cinco dias e estava trabalhando desde segunda-feira à tarde. A mesa grande estava montada e, claro, Ethan comprara uma máquina italiana para fazer espressos; com isso, Giullia ganhara mais uma função: era a barista oficial da empresa.

Bella terminou seus contos infantis; Katie trabalharia agora nas ilustrações da coletânea, que seria lançada na metade do próximo ano. Charlie ligou para informar que já tinha a informação de que a produtora iria aceitar as condições de Bella. A confirmação veio trinta minutos depois, quando o próprio Miller ligou para Bella a fim de dar a notícia. Agora era oficial: Bella iria trabalhar em Paris.

Em sete dias ela embarcaria com sua irmã. Ethan pedira para Martha vir a Nova York ficar catorze dias com Alice enquanto Bella organizava a vida na França, depois Ethan levaria a pequena. Na reunião com Katie, Bella conseguira pegar dicas sobre a cidade e Beatriz também se disponibilizara a ajudá-la caso precisasse de alguma coisa lá.

Giullia ligou para Ethan. A polícia, em parceria com a Interpol, conseguira localizar o jovem Tyler em uma pousada na Costa Rica. Ele estava sendo detido nesse momento e parecia que assim que o dinheiro fora rastreado; nos próximos meses, retornaria às contas da empresa.

Os dias passavam rápido. Ethan buscou sua mãe no aeroporto. Ela chegou dois dias antes de Bella e Patrizzia partirem. Alice já conhecia e estava bem habituada com a avó; nos últimos anos Ethan a levara para o Texas seis vezes. Toda vez que Alice encontrava Martha, era uma verdadeira festa.

Mais à noite, Ethan levou Bella, Alice, Patrizzia e Martha para jantar em um restaurante que Alex Eker, seu amigo, indicara, o London Lennies. A noite foi especial, fez parte da despedida das irmãs Pagani e também a recepção da querida Martha. Ela trouxera para Bella um pequeno vaso com flores colhidas do jardim que havia sido feito por ela quando morava em Goldthwaite. Bella levaria consigo para a França.

Chegou o dia de Bella e Patrizzia embarcarem para Paris. Ethan as levou ao aeroporto e Alice ficou em casa com Martha a pedido de Bella, que não conseguiria embarcar na presença da filha.

As duas semanas depois desse dia foram as mais difíceis. Só de saber que logo estaria longe de Alice, o coração de Ethan doía. E o Natal se aproximava.

Na empresa, por outro lado, as coisas nunca estiveram tão bem. Margot e seu temperamento forte, inteligência e sagacidade impuseram um ritmo ao qual Giullia levou alguns dias para se adaptar, mas enfim conseguira e agora elas eram imparáveis. A dupla mais perfeita e improvável trabalhava com ele.

Em Goldthwaite, no Rancho Keynes, Reacher e Jacob estavam precisando vender algumas vacas, então iriam levá-las para o leilão que ocorreria em Brownwood no fim de semana. Adam estava por lá reclamando do preço do milho e com saudade de Martha.

Em Paris, Bella e Patrizzia estavam no apartamento, na Rue Etienne Marcel. Ela ainda nem conseguia pensar em sair para muito longe, apenas caminhou até rue Montorgueil com a irmã, uma pequena rua para pedestres com cafés, restaurantes, padarias e patisseries. A cidade oferecia uma atmosfera diferente de Nova York.

O dia amanheceu com céu nublado em Nova York, refletindo o clima que pairava sobre Ethan. Ele sabia que a despedida de Alice e Martha seria difícil, e saber que ele retornaria depois para levá-la era algo que ele não queria, mas a perspectiva de passar pelo menos uma semana em Paris ao lado de Bella e Alice trazia certo conforto.

Ethan preparou cuidadosamente as malas de Alice, garantindo que todos os itens essenciais estivessem presentes. No meio das roupas e brinquedos, ele colocou uma foto dele.

No caminho para o aeroporto, Alice, sentada no banco de trás, ao lado de Ethan, olhava pela janela com uma expressão mista de curiosidade para saber onde mamãe Bella estava e a tristeza de deixar a vovó. Ethan percebia que ela ainda não compreendia completamente a magnitude da mudança, mas não fez questão de lhe explicar.

Ao chegarem ao aeroporto, Ethan ajudou Alice a despachar a bagagem. Embarcaram juntos para Paris, deixando para trás uma mãe e avó, para abraçar o desconhecido, já que Ethan nunca havia ido para a Europa.

Horas depois, já em Paris, Ethan e Alice desembarcaram no aconchegante apartamento de Bella e Patrizzia. A atmosfera era diferente, impregnada com o charme peculiar da cidade vista da pequena sacada. As risadas e os sorrisos preenchiam o espaço, dissipando a saudade que Bella estava de Alice e Ethan.

No primeiro dia, decidiram desbravar as charmosas ruas parisienses, percorrendo boulevards pitorescos e apreciando a arquitetura. A majestosa Torre Eiffel, imponente no horizonte, tornou-se o cenário ideal para fotos alegres em família. Patrizzia era a fotógrafa da vez.

No amanhecer seguinte, sob o lindo céu de Paris, Bella mergulhou de cabeça em seu trabalho como roteirista. Era o primeiro dia e ela estava um pouco nervosa. Ethan a levou, enquanto Patrizzia organizava o novo quarto de Alice e seu lugar de desenhar.

Ethan permaneceria em Paris até depois do Natal, na próxima semana. Somente então retornaria a Nova York, deixando para trás as duas pessoas mais importantes da sua vida.

Já no primeiro dia, foram mais de seis horas debatendo a primeira cena em volta de uma mesa, cena que iria ser gravada no dia seguinte às dez e meia da manhã. Os ajustes finais nos roteiros precisavam estar prontos até a noite para serem passados para os atores. A equipe era formada no total por mais sete roteiristas, que estariam sob o aval de Bella e do enérgico diretor do filme, James Kapinos. Depois de muito trabalho, já era noite quando a equipe concluiu os ajustes, agora sim! O primeiro dia estava concluído.

Durante a noite, depois de jantarem, Bella colocou Alice para dormir, Patrizzia foi para seu pequeno quarto assistir um filme e Ethan serviu um vinho e sentou na sacada do apartamento para esperar Bella.

— O que você está fazendo aí fora? Está frio, Ethan!

— Servindo isto aqui, um presente de Ryan para você.

— Nossa, um dos vinhos da adega dele.

— Sim! Bella, sente aqui um pouco. Olha, entre aqueles prédios podemos ver a Torre Eiffel. — Ele apontou. — Você não acha isso incrível? — disse Ethan.

— É mágico! Eu nem sei o que dizer — respondeu Bella.

— Vou te contar uma coisa. — Ethan então tirou do bolso do casaco uma folha, um pouco manchada com escritas datilografadas.

— O que é isso, Ethan? — perguntou Bella, segurando o papel.

— Escrevi essas palavras depois de uma noite em que estive com Jason e Margot no The Back Room. Tudo que escrevi naquela madrugada fez sentido na manhã seguinte, exceto uma palavra: Paris.

— Bem! Agora parece que faz.

No outro dia, Ethan acordou bem cedo, por volta das 5h10, e preparou um café da manhã para Bella, que acordou uns quarenta minutos depois. Era o dia da primeira gravação e ela iria trabalhar *in loco*. A manhã estava fria, as ruas estavam molhadas porque havia chovido durante a madrugada, mas tudo era lindo da janela do quarto de

Bella. Ela foi no banheiro da suíte e depois caminhou até a cozinha, de onde vinha um cheiro de café. Lá havia uma linda mesa montada com suco de laranja natural, frutas, queijos, baguetes e legítimos croissants franceses que Ethan tinha ido comprar na padaria logo que acordara.

Após o delicioso café da manhã, Patrizzia encontrou Ethan e Bella na sala, onde ela já estava se preparando para sair. Patrizzia perguntou o que podia fazer com Alice.

— Nós vamos fazer o que planejei! — disse Ethan.
— E o que você planejou? — perguntou Patrizzia.
— Nós vamos ao parque com Alice.
— Ao parque? Que parque, Ethan?
— Nós vamos para a Disney — ele respondeu, empolgado.

Bella não gostava de parques, então não se importaria de não poder ir por estar no trabalho o dia inteiro. Porém, Ethan estava realizando um sonho de criança ao levar a própria filha; ele jamais fora à Disney nos Estados Unidos e precisara cruzar o Atlântico para realizar esse sonho ao lado de Alice.

— Certo, eu vou descer! — avisou Bella.
— Patrizzia, tem café na mesa da cozinha — ofereceu Ethan.
— Certo, *grazie*, Ethan — disse Patrizzia, caminhando até Bella.

Ethan desceu com Bella e a acompanhou até a esquina, onde pegou um táxi e retornou para acordar Alice e preparar o café da pequena.

Bella chegou ao estúdio, onde foi recebida por James. Ele a levou até um motorhome e lhe mostrou onde seria ficaria seu escritório móvel; o lugar era exclusivo para o uso de Bella e tinha até uma cama e uma geladeira com produtos a sua disposição.

— As gravações começam daqui a vinte minutos no galpão 14.

— Tudo bem, estarei lá! — disse Bella.

— Certo, leve o seu computador, por favor!

— Ok!

Bella preparou suas coisas e foi para set de gravação. Os atores já estavam lá. Quando viu o figurino, ela ficou emocionada; ali seus personagens se tornavam reais.

Já dentro do estúdio, James proclamou o início das gravações: a luz do ambiente baixou, os burburinhos de conversas iam sumindo e a atenção se voltava para os atores. Os operadores de câmera já estavam preparados e uma área reservada com uma pequena mesa em uma espécie de mezanino o esperava para analisar a cena e polir os diálogos. Enquanto isso, James começava.

— Silêncio todos! Gravando a primeira tomada em três, dois, um... ação!

CAPÍTULO XXIII

Chegou o dia mais difícil para Ethan. O aroma do café da manhã preparado por Bella inundava o apartamento parisiense. Alice, com seus olhos curiosos, tentava disfarçar a tristeza, mas Ethan percebeu a melancolia em seu semblante de sua filha.

O clima era de despedida. Ethan arrumava sua mala com pesar, enquanto Bella tentava manter o ânimo, apesar da saudade antecipada. Era preciso ser forte na presença de Alice, para não piorar as coisas.

Ethan se despediu e seguiu sozinho para o aeroporto, onde aguardaria na sala de embarque. Após alguns minutos, ele decidiu caminhar até uma Starbucks próxima e retornou com uma bebida na mão. Ao sentar-se novamente, notou um homem a alguns metros de distância, cuja aparência era familiar. Ethan lançou um olhar discreto na direção dele e logo o reconheceu.

— Com licença, você é o senhor Allen?

— Às vezes sou Allan, outras Allen. Mas prefiro que de vez em quando me chamem de Heywood, embora eu assine como Wood. Ah, mas pode me chamar de Allen mesmo.

Ethan sorriu, surpreso com o encontro inesperado.

— Sou seu fã. Embarco para Nova York daqui a duas horas.

— Muito obrigado, rapaz. Vi que gosta de carregar pouca bagagem. Qual é o seu nome?

— Perdão, eu me chamo Ethan, Ethan Keynes.

— Muito prazer, jovem Ethan! Gostaria de sentar aqui ao meu lado? Claro, se quiser, não que eu esteja obrigando, é apenas um convite.

— Claro, seria ótimo! — disse Ethan, um tanto nervoso.

— Então, me conte o que trouxe você até Paris.

Com o coração um pouco acelerado, Ethan começou a contar o motivo de estar na França. Porém, à medida que ia contando, uma sequência de mais perguntas ia fazendo Ethan a contar mais e cada vez mais, sem poupar nenhum detalhe. Ele nem viu o tempo passar; foram sessenta minutos falando.

— Mas e o senhor, o que faz aqui? Veio também por causa de um filme?

— Não, dessa vez vim tocar com minha banda de jazz. Eles voltaram faz dois dias e eu resolvi ficar aqui, explorando as ruas e cafés de Paris. Gosto de me misturar às pessoas e me sentir invisível às vezes. Algo que ficou difícil nos últimos anos em Nova York.

De repente ouviram o chamado para o embarque e o senhor Allen se levantou e se despediu de Ethan.

— Bom, chegou a minha carona. Foi um prazer conhecê-lo e escutar a sua história. Algo digno de um livro. Talvez devesse tentar escrever sobre sua vida, como faz sua amada. Nunca é tarde para começar, meu jovem, pense nisso. Até mais! Quem sabe nos vemos por aí outro dia. Tchau!

Ethan ali ficou, voltou a sentar e ficou pensando que havia esquecido de tirar uma foto com Woody Allen. Como pôde esquecer? Poucos acreditariam que esse momento um dia aconteceria, e ainda mais sabendo que o grande cineasta americano dissera palavras tão encorajadoras para ele no banco do aeroporto de Paris.

Faltavam uns quarenta e cinco minutos ainda para ele embarcar para Nova York; estava um pouco entorpecido com o que havia ocorrido minutos antes. Enquanto isso, seu telefone tocou. Era Margot.

— Ethan? Você já embarcou?

— Não, ainda estou esperando aqui.

— Certo, quando chegar venha para o escritório, alguém deixou uma carta aqui endereçada para você. Deixei em cima de sua mesa.

— Quem é o remetente? — perguntou Ethan.

— Não há remetente, Ethan.

— Certo! E como estão as coisas?

— Tudo indo bem. Conseguimos fechar com um cliente novo esta semana, mas darei mais informações quando chegar. Giullia quer mostrar pra você os resultados obtidos nessas últimas semanas. Parece que o e-mail está performando acima do esperado.

— Ótimo, verei isso quando retornar. Até mais!

— Boa volta, te esperamos aqui! — se despediu Margot.

Enquanto isso, ele tirou de sua mochila um livro de J. R. R. Tolkien, que pretendia ler durante o voo. A escolha fora viajar em uma literatura ficcional de fantasia, onde a magia existe e o mundo é repleto de aventuras.

Após alguns minutos, ele foi chamado e seguiu para o embarque com sua mala, sua mochila e um livro nas mãos. Eram seus últimos passos em Paris, mas ele sentia que não seria a última vez por ali.

Dentro do avião, Ethan se deparou novamente com um rosto conhecido, um homem estranho que ele não sabia quem era, só sabia que já tinha visto em algum lugar. Minutos depois, quando o homem virou a cabeça, Ethan percebeu que se tratava do mesmo cara que, anos antes, ele e Bella viram quando foram para a Califórnia; o homem dos óculos sem lentes. Ele estava um pouco mais velho, mas os óculos eram os mesmos.

Até que enfim o avião decolou rumo aos Estados Unidos, e pela janela do avião Ethan viu a Torre Eiffel com toda a sua beleza. Ele estava nos céus de Paris quando percebeu quão longe sua estrada havia o levado. Nem em seus melhores e maiores sonhos achou que teria o que tem, seria o que era e estaria onde estava.

Ethan Keynes se sentia um homem bem afortunado a julgar por onde chegara, mas a vida dele sempre seria um grande gráfico inconstante, uma ação da bolsa com sua volatilidade e risco intrínseco.

Do interior do Texas, onde vivia um jovem sem destaque, muitas vezes julgado como um ser medíocre em sua antiga escola, dera um salto, fora para a Big Apple e escrevera sua história de maneira única, encontrara o amor de sua vida, salvara a fazenda de seu avô, ajudara seus pais, montara uma empresa, casara e tivera uma filha. A vida andara para Ethan como anda para todos. Ainda sobrevoando a França, ele percebeu que havia algo no bolso de seu casaco. Colocou a mão e percebeu que era um papel, uma folha de caderno dobrada, então ele abriu e o que viu o emocionou.

Com o papel aberto sobre o livro que estava em seu colo, Ethan viu um desenho feito com lápis e colorido com giz de cera, feito por Alice. No papel estava desenhado o celeiro da fazenda ao fundo e, mais à frente, Bella e Alice. Os rabiscos eram infantis e desuniformes, mas compreensíveis, era fácil de perceber a intenção da mensagem e quanto amor continha aquela folha de papel. A visão sobre a vida e suas conquistas se resumia em uma palavra: família.

Tudo que realmente ele tinha de valor estava agora em Paris, longe dele pelos próximos seis meses. Com isso ele entendeu e se comprometeu a retornar todos os meses para a França, onde ficaria uma semana e depois retornaria para o Texas. Por algum motivo ele agora pensou que, se Alice era seu maior bem, ele também era o maior bem de uma mulher e de um veterano de guerra que residiam no interior do Texas.

Ethan nunca fora um homem doce ou com facilidade de expor seus sentimentos, mas a vida mudara com a chegada da filha, a sua luz. Nada mais permanecia igual, era como se sua própria vida perdesse um pouco o protagonismo e a menina fosse a sua própria parte mais importante separada do seu âmago.

Alice era o fruto da mulher que havia mudado os rumos de sua vida, simbolizava sua melhor face, um pouco dos dois, mas ao mesmo tempo trazia algo novo, que nem ele nem Bella continham, um poder nos olhos que poderia acalmar até o mais bravo dos homens.

CAPÍTULO XXIV

Quinta-feira, uma manhã fria em Nova York, o sol estava escondido atrás das nuvens. Ethan chegou cedo em sua casa. Bella já sabia, ele a informara assim que desembarcara no país. Foi direto para casa, deixou as malas, tomou um café e seguiu para Manhattan, pois precisava falar com Alex Eker. Os dois almoçaram juntos no McSorley's Old Ale House, o bar irlandês mais antigo da cidade.

Ethan já havia marcado de se encontrar com ele antes de viajar para Paris, pois precisava encontrar alguém em Nova York que soubesse produzir cervejas artesanais para comemorar o aniversário da sua empresa. Alex recomendou que falasse com Vincent Fulton, um mestre cervejeiro que morava em algum lugar em Coney Island.

Durante a tarde, após o almoço, Ethan foi até Coney Island, onde encontrou o endereço de Vincent. Ele morava em um motorhome que ficava estacionado na frente da casa de sua mãe, uma senhora de noventa e dois anos, segundo Alex.

— Senhor Fulton! Prazer! Meu nome é Ethan Keynes.
— O que você quer me vender? Não tenho interesse.
— Não sou vendedor, senhor Fulton, vim falar sobre cervejas.
— Cervejas? Pois então entre. Tenho algumas aqui.

— Eu preciso produzir cervejas, na verdade. O senhor pode me ajudar com isso? Preciso de cinquenta litros para cem garrafas.

— Estou aposentado já faz alguns anos; agora só produzo para consumo próprio, mas acho que posso te ajudar.

— Ótimo! É para o aniversário da minha empresa no mês que vem.

— Vou lhe indicar um cervejeiro que pode atender a sua demanda. Mas fique tranquilo, amanhã formularei algumas uma especial para você aqui e você me dirá de qual gostou mais. Então você levará a fórmula até esse homem. Ele se chama Devil's Bill. Diga que é meu amigo e ele o atenderá.

— Certo, senhor Fulton. Voltarei amanhã para escolher as cervejas, então. Em qual horário devo estar aqui?

— Venha depois das seis e meia da tarde. Eu estarei aqui esperando!

— Certo! Muito obrigado!

Já dentro da Chevy, Ethan observou que a senhora o estava observando pela janela da casa nos fundos. A mulher olhava fixamente para ele como se estivesse vendo um fantasma. Ethan ligou a caminhonete e saiu, e então viu que ela saíra na varanda da casa e apontava o dedo para ele, dizendo alguma coisa. Seu filho, o senhor Vincent, que estava na frente do motorhome, percebeu isso e correu até ela, levando-a para dentro da casa com cuidado.

Depois disso Ethan, seguiu dirigindo para casa e passou perto da empresa, mas resolveu não entrar, pois não queria perder tempo. No caminho, ficou pensando na mãe do senhor Fulton: será que ela conhecia meu avô? Ou me confundiu com outra pessoa, ou é apenas um surto pela idade? Ethan estava mais ansioso para voltar lá no dia seguinte para descobrir isso do que para provar as cervejas. Ele era assim, a qualquer sinal de mistério e aventura seu coração pulsava mais forte e seus pensamentos ficavam matutando.

A noite estava chegando, e ele estava cansado. A única coisa que queria era tomar um banho e descansar. Assim que saiu do banho, acendeu a grande lareira de pedra que na sala e foi até o bar preparar um whiskey americano sem gelo.

Ele se sentou, colocou as pernas em cima da mesa de centro que descansava sobre um lindo tapete de couro que fora dado por Martha, sua mãe.

O silêncio era quebrado apenas pelo crepitar da lenha na lareira e pelos ruídos distantes da cidade que nunca dorme. Nova York era uma cidade cheia de vida, mas naquele momento a tranquilidade da casa de Ethan era um refúgio do caos lá fora. Já faltam poucos dias para o ano terminar, então Ethan pegou um de seus cadernos velhos que estavam na parte de cima da casa, esquecido em alguma das gavetas de sua mesa, e começou a escrever algumas ideias.

Pensando no que Allen havia dito em Paris, começou a refletir sobre como começaria uma história da qual ele sentira que nem chegou à metade ainda. Por um momento ele travou, então subiu novamente, se sentou à mesa atrás do sofá, ligou a luminária e pegou sua velha máquina de escrever. Então começou a datilografar, sem parar, num fluxo único, errando a gramática com convicção.

Na primeira linha ele escreveu:

> Meu nome é Ethan Keynes, moro em Nova York. Eu penso isto neste momento em que me encontro sozinho tentando escrever.

Depois ajeitou a folha na máquina e continuou datilografando, fazendo várias pausas quando seu olhar ia na direção do fogo da lareira, o que o ajudava a pensar e continuar a escrever. As palavras de Ethan ao final foram as seguintes:

> Escrever sobre fatos, notícias ou sobre a vida dos outros é muito mais fácil. Sentimos que realmente temos convicções e domínio sobre o que transita em nossa volta. Porém, quando precisamos pensar em escrever sobre nós, parece que tudo muda, tudo é mais difícil.
>
> Mas não há maneira mais fácil de conseguir fazer isso do que apenas contando a nossa própria história, aceitando que ela pode estar errada por existir apenas dentro do nosso ponto de vista pessoal. Isso nos persegue o tempo inteiro, porque julgamos a todo momento que o outro sabe menos de si do que nós sobre ele. Então por que seria diferente agora? Se essa é a lógica, qualquer outro saberia escrever sobre nós muito melhor que eu mesmo sobre mim.
>
> A minha história será tão interessante? Sou comum, sou imperfeito e não tenho destaque na alta sociedade de Nova York, sou um texano do interior. Será que minha história seria realmente lida porque tem alguma relevância? Eu não sei. Talvez seja a sombra eterna do sucesso de Bella, e apenas um coadjuvante da minha própria história.

Quando morava no Texas e recebi aquela carta, foi o momento que soube que viria para Nova York, eu era tão ingênuo pensava que iria ser uma lenda em Wall Street, talvez trabalhar com Jordan Belfort. Eram tantas coisas que imaginava, e hoje penso que essa imaginação cheia de ingenuidade me fez ter a coragem de fazer e de acreditar, o que me leva a pensar na seguinte questão. Será que o conhecimento nos aprisiona, nos fazendo deixarmos de sonhar por mensuramos as possibilidades de não conseguirmos algo?

Por isso penso em agradecer a minha ignorância todos os dias a partir de hoje, sem ela não faria muitas coisas e nem chegaria aqui onde estou. A verdade é que nossa estrada é algo diferente de uma estrada convencional, ela é mutável e apenas olhar para onde se vai é muito pouca informação para avançarmos, por algum motivo fecharmos os olhos enquanto aceleramos é uma das mais seguras coisas que podemos fazer enquanto estamos nela. A maldição do conhecimento que nos fez necessitarmos sabermos do que tudo é feito, qual é forma, provocando assim uma delimitação no que se é de fato. Como posso acreditar que Deus é um homem velho de barba branca, ao dar forma a ele o mato, o delimito o reduzo a uma forma e não aceito que ele possa nem ter forma definida.

Com minha vida sempre foi assim, tantas mudanças e sempre a tentativa de que a mudança precisava fazer sentido e se encaixar em algo, mergulhado em idealismos e algumas utopias existenciais eu continuava a andar pela estrada. Como ainda sigo, mas agora parece que aceito a beleza de não saber para onde estou indo, é inútil tentar prever o caminho, o melhor que fiz foi usar nesses últimos anos toda minha atenção no que faço hoje, na minha família e amigos.

Hoje estou aqui sozinho em casa, escuto o som da lareira e meus dedos batendo nas teclas, lá fora percebo que está começando a nevar, amanhã é sexta-feira e preciso ir para o trabalho. As pessoas dependem de mim, o rancho depende de mim. Não controlo mais a vida, eu a crio, eu construo e como já resume a essência de Nova York, eu edifício. Não existem motivos para escrever, assim como não existem motivos para não fazer isso. Na vida deixamos de observar que nunca reinará o absolutismo de uma única ótica ou de qualquer perspectiva pessoal.

Como um dia pensei na manhã que deixava Brownwood, talvez não seja mesmo nós que passamos pela estrada e sim ela que passa por nós. O que precisamos é apenas ficar parados e focar no nosso presente, dedicarmos o nosso maior recurso no agora e não no amanhã. Porque como um dia vi em um cartaz de um morador de rua lá em Manhattan a frase "... pois o tempo é uma ilusão, o passado está no presente segundo que antecede o agora e o amanhã não existe". O tempo pode vir a ser uma grande ilusão que nos afasta do que importa, que é apenas o momento de agora onde estamos na estrada.

O fogo da lareira diminui lentamente, lançando um brilho suave sobre a sala. Ethan se levanta e se deita no sofá, seus olhos fixos na última chama que dança na lareira, iluminando o quadro de Sinatra que trouxe do antigo apartamento. Na moldura, a frase ressoava em sua mente: *"Se eu conseguir chegar lá, conseguirei em qualquer lugar"*. Ele adormece, envolto na tranquilidade da noite e no eco dessas palavras.

— FIM —

POSFÁCIO

A jornada de Ethan é um reflexo de tantas outras histórias, mas ao mesmo tempo é única e singular. O que a torna especial é a percepção de que a vida é uma estrada imprevisível, onde acreditamos ter planos traçados e certezas estabelecidas, mas logo descobrimos que a realidade nos conduz por caminhos inesperados.

Ethan partiu do interior do Texas com um plano em mente: estudar em Nova York e construir uma carreira estável em uma grande empresa. Ele seguiu esse caminho, ignorando seus verdadeiros desejos para trilhar a rota que parecia mais segura e promissora. A falta de referências no interior limitou suas perspectivas, e o enclausurou em uma monotonia econômica e social. No entanto, a jornada de Ethan é uma prova de resiliência, perseverança e superação.

Três fatores transformaram a trajetória de Ethan: Nova York, o Rancho Keynes e Bella Pagani. Nova York expandiu suas perspectivas, revelando infinitas possibilidades e ensinando a importância de preservar o passado enquanto se avança para o futuro. O Rancho Keynes, associado à perda de seu avô, Bob, inspirou Ethan a redescobrir seu propósito, edificar algo significativo, conectando-o às suas raízes. Bella, seu grande amor, trouxe luz e direção a cada passo de sua jornada, iluminando sua estrada e conferindo sentido ao seu destino.

A história de Ethan nos lembra que a estrada não é uma estrutura pronta, mas sim algo que construímos conforme caminhamos. Sua existência depende do movimento e da capacidade de abraçar as mudanças e incertezas que a vida traz, sem se prender a mapas utópicos que sugerem uma linha reta.

FONTE Nexus Mix Pro
PAPEL Pólen Natural 80g/m²
IMPRESSÃO Paym